AMENAZA ESPACIAL

Luis Enrique Guzmán

Windmills Editions

California – USA

Amenaza Espacial

Author: Luis Enrique Guzmán

Writing: 2021

Edition Copyright 2021: Luis Enrique Guzmán

Cover Design: WIE

General Director: Cesar Leo Marcus

www.windmillseditions.com

ISBN 979-8-7890-2908-4

Luis Enrique Guzmán

Enrique Guzmán nace un 16 de marzo del año de 1947 en el pueblo de Barceloneta, Puerto Rico. Siendo de orígenes humildes creció y estudió en su pueblo natal.

Se casó muy joven y con muchos sacrificios estudió en la universidad Interamericana de Puerto Rico donde realizó un grado en biología.

Desde muy joven tuvo inclinaciones literarias, pero fue hasta su jubilación que comenzó a dedicarse de lleno a la literatura por tener más tiempo libre.

La novela de ciencia ficción Amenaza Espacial fue su primera obra, también escribió El diario de Mauricio Castañeda, una novela de ciencia ficción, pero con un toque de romanticismo, y Una ciudad secuestrada, novela de ciencia ficción.

Es padre de cuatro hijos y tiene innumerables nietos.

AMENAZA

ESPACIAL

Luis Enrique Guzmán

INDICE

I- El planeta Gliese 667 Cc

Finalmente después de un sin número de posposiciones, que fueron bastantes, en diciembre del año 2021 la Nasa logró lanzar al espacio el telescopio espacial James Webb. Más adelante expondré las causas de tantos retrasos que tuvo este lanzamiento en órbita de este potente telescopio. El James Webb es un observatorio espacial desarrollado por la colaboración entre aproximadamente 17 países siendo construido por la Nasa, La Agencia espacial Europea y La Agencia Espacial Canadiense para ser el sucesor científico del Hubble. Fue lanzado al espacio desde la Guyana Francesa en América del Sur.

El Space Telescope Science Institute ubicado en Baltimore Maryland, en el campus de Homewood de la universidad de John Hopkins, fue seleccionado como el Science and Operations Center para el James Webb Science Telescope. Este centro será responsable de la operación científica del telescopio y la entrega de productos de datos a la comunidad astronómica. Los datos se transmitirán desde el James Webb hasta la Tierra a través de la Red del Espacio Profundo de la Nasa y serán distribuidos posteriormente a los astrónomos de todo el mundo de forma similar a como opera el Hubble el cual ya está casi vencido su periodo de duración y ya presenta muchas fallas además de estar muy deteriorado por el paso del tiempo.

El telescopio James Webb es un observatorio espacial mucho más grande que el Hubble y estará estudiando el cielo en frecuencia infra roja. Las principales características técnicas de este telescopio son un gran espejo de 6.5 metros de diámetro, una posición de observación lejos de la Tierra en órbita alrededor del Sol-Tierra. Las capacidades de este telescopio permiten una amplia gama de investigación a través de muchos subcampos de la astronomía. Un objetivo particular consiste en la observación de algunos de los objetos más distantes en el universo fuera del alcance de los instrumentos basados en tierra y en el espacio. Este telescopio, como ya se ha dicho, es un proyecto de la Administración Nacional de Aeronáutica y del Espacio, la agencia espacial de los Estados Unidos, en colaboración con la Agencia Espacial Europea y la Agencia Espacial Canadiense y está en órbita alrededor del sol aproximadamente a 1,500,000 kms alejado de la Tierra.

Por medio de este telescopio se aumentaron por mucho los estudios de los planetas parecidos a la Tierra localizados en otras galaxias lejanas y que fueron descubiertos por el Hubble y por el mismo James Webb años más tarde, buscando agua y una atmósfera con oxígeno, o sea, con condiciones de vida parecidas a la Tierra con la finalidad de conocerlos detalladamente y saber si poseen vida animal y vegetal.

En especial se estaba estudiando el planeta descubierto en el año 2012, el cual pertenece al sistema planetario al que llamaron Gliese 667C. Este sistema se compone de tres estrellas enanas rojas llamadas Gliese A, B y C y se encuentra en la constelación del escorpión a 23.6 años luz de la Tierra. Hasta donde sabemos las estrellas A y B no poseen un sistema planetario como la estrella C, que tiene seis planetas girando alrededor de esta y cabe la posibilidad de que tenga un séptimo planeta, pero este aun no ha sido confirmado. Este sistema planetario llamó la atención de los astrónomos por varias razones siendo la principal, un planeta que tiene un enorme parecido con la Tierra y que al igual que esta se encuentra en la zona habitable de la estrella. Dicho planeta fue bautizado con el nombre de Gliese 667 Cc y es el segundo planeta girando alrededor de la estrella. Los sistemas solares dobles y triples son comunes en el universo, siendo el más conocido el cercano Alpha Centauri apenas a cuatro años luz de la Tierra.

Gliese 667Cc es pues, un exoplaneta súper Tierra descubierto el 21 de noviembre del 2011 y confirmado el 2 de febrero de 2012. Este planeta orbita dentro de la zona de habitabilidad estelar de su sol a una distancia de 0.1251 ua (unidad astronómica igual, por definición, a la distancia entre la Tierra y el Sol, o sea, 150, 000,000 Km.) La estrella Gliese 667 C es una enana roja mucho más pequeña que nuestro Sol, pero en cambio, el planeta Gliese 667Cc es casi cuatro veces más grande que la Tierra. Las estrellas enanas rojas son más frías que nuestro Sol. Esto significa que su temperatura es menos caliente y esto hace que, aunque Gliese 667 Cc está bastante cerca de esta estrella, las temperaturas en este sean parecidas a las de la Tierra, como veremos luego.

Mediante los estudios que se realizaron con el telescopio Hubble, y que luego fueron confirmados por el James Webb, se han podido medir en la superficie del planeta, temperaturas de unos 13 grados centígrados. La temperatura media de la Tierra es de 15 grados. Como dije antes, Gliese 667Cc tiene una masa de 3.80 veces mayor que la Tierra y es un planeta rocoso. Hasta el momento es el exoplaneta confirmado que guarda una mayor similitud con la Tierra con un ist de 84% (el ist de un planeta es la zona de habitabilidad de este planeta o el índice de similitud con la Tierra para posiblemente ser capaz de sostener vida animal o vegetal). Se cree que este planeta tiene muchas probabilidades de contener agua líquida y formas de vida, debido al lugar en que se encuentra con relación a su sol, distancia y temperatura. Este planeta tiene además una gravedad un poco mayor que la de la Tierra, equivalente a 1.32 g y se especula que la luminosidad de este sería un 90% de la que recibe la Tierra. Hasta aquí vemos que Gliese 667Cc es casi una segunda Tierra. Ahora vamos a las diferencias.

Debido a la edad estimada de este planeta que es de 2000 millones de años, si Gliese 667Cc tuviera vida esta no habría dado lugar a una evolución similar a la terrestre. Esto suponiendo que la evolución en el universo siguiera el mismo patrón evolutivo para planetas con las mismas condiciones de la Tierra. O sea que las formas de vida existentes en Gliese 667Cc, si las hubiera, han tenido considerablemente menos tiempo para evolucionar que las de la Tierra la cual tiene una edad calculada en 4500 millones de años.

Tomando por el tiempo que tardó la Tierra en enfriar y adaptar a las condiciones necesarias para soportar vida en su superficie, la vida en la Tierra surgió hace unos 3500 millones de años en formas unicelulares como las bacterias y el origen de la vida compleja multicelular hace alrededor de 2100 millones de años. Por lo tanto podemos especular por largo tiempo y exponer varias teorías sobre cuando fue que surgió la vida en la Tierra, pero tomando esto como un patrón en el universo debemos suponer, pues que la vida en Gliese 667 Cc, de haberla sería bastante primitiva. Aunque esto no necesariamente tiene que ser cierto, pues al ser la estrella Gliese 667C más pequeña y más fría que nuestro sol, el planeta Gliese 667 Cc debe haber tardado mucho menos tiempo en enfriar que nuestro planeta tierra y por lo tanto su evolución no necesariamente sería igual a la nuestra. Llevándonos a la conclusión de que esta evolución debe haber sido más rápida que en la tierra. Estas conjeturas tendremos oportunidad de comprobarlas más tarde.

Ya para el año 2022 con la ayuda del telescopio espacial James Webb junto con la información que se recopiló en la Tierra por medio del telescopio Hubble y del Radio Telescopio de la Nasa en la ciudad de Arecibo Puerto Rico, el cual lamentablemente salió de servicio al colapsar por falta de mantenimiento en diciembre 2020, y otros observatorios a lo largo de la nación han sido de gran ayuda y aquel planeta se llegó a conocer muy bien. En definitiva se había podido constatar que Gliese 667 Cc era un planeta con unas condiciones muy parecidas a la Tierra, mucho más grande, con enormes cantidades de agua, una exuberante vegetación y una atmósfera muy similar a la de la Tierra. Solo había un problema y era ver si los seres humanos, en caso de poder ir a este, podrían adaptarse, ya que el planeta tenía varias desigualdades con la Tierra.

En primer lugar el planeta viajaba muy rápido en su movimiento de traslación alrededor de su estrella. Tardaba solo 28 días terrestres en dar una vuelta a esta. Y peor aún, siempre presentaba la misma cara a su estrella ya que tiene un movimiento de rotación síncrono. Esto también ocurre con la luna, que siempre presenta la misma cara a la Tierra. Esto hace que los días y las noches en Gliese sean eternos, siendo la cara o hemisferio diurno muy caliente y el hemisferio nocturno muy frio. Por este motivo es probable que la región habitable del planeta quede circunscrita a una zona situada alrededor del termidor, la frontera entre el día y la noche, aunque debemos recordar que en la Tierra aun, en las partes más calientes, hay bastantes habitantes y enormes ciudades y en varios casos estas son las regiones más ricas de la Tierra en hidrocarburos. Se desconoce si hay vida inteligente, en el planeta, pero de haberla, los gliesesianos, disfrutarían de un hermoso y extraño cielo dominado por un enorme sol rojizo acompañado de dos estrellas muy brillantes. Aunque ya dije que las estrellas enanas rojas son mucho más pequeñas y frías que nuestro Sol, la estrella Gliese 667C se vería muy grande desde el planeta, esto sería por lo cerca que está este de la estrella y teniendo en cuenta que este sistema consta de tres estrellas, las otras dos estrellas también se verían desde Gliese 667Cc aunque bastante pequeñas, quizás una tercera parte de cómo vemos nosotros a nuestra luna en su fase llena, o quizás hasta más pequeñas. Y por lo tanto no influye gran cosa en la temperatura del planeta. Además cabe mencionar, que al viajar tan rápido alrededor de su estrella, el planeta carece de las estaciones anuales que tenemos en la Tierra, o sea, primavera, verano, otoño e invierno. Todo el año sería igual en Gliese 667Cc. Recordemos que el año como tal en Gliese 667Cc dura apenas 28 días de los nuestros, o sea, muy parecido a nuestro siclo lunar.

Ya conocemos a Gliese 667 Cc tanto como la Nasa nos ha dejado conocerlo. Y digo hasta donde la Nasa nos lo ha podido dejarlo conocer ya que a lo largo de la historia veremos muchas cosas que se nos ocultan en lo que se refiere a descubrimientos y adelantos científicos, quizás debido a la competencia con otras potencias mundiales. Ahora nos vamos a enterar de otras cosas la mar de interesantes antes de llegar a la época en que verdaderamente comienza nuestro relato. Esta historia comienza en el año 2028 cuando la humanidad es amenazada por un fabuloso enemigo que podría destruirla completamente, pero antes de llegar a esto hay que poner en perspectiva los grandes descubrimientos que en materia de los viajes espaciales ha podido desarrollar la Nasa.

II- Un Gran Descubrimiento

En el año 2006 ocurrió un suceso inesperado en la historia de la Nasa que trajo consecuencias muy favorables para la humanidad. Este acontecimiento se guardó por muchos años en absoluto secreto por la importancia que conllevaba para la nación americana y que fue en gran medida la causa de los continuos retrasos de la puesta en marcha del proyecto del lanzamiento del James Webb. Basándose en las teorías del físico mexicano Miguel Alcubierre sobre el espacio tiempo y el motor warp, los americanos lograron lo que parecía imposible hasta ahora, lograr diseñar un método y construir un motor que hiciera posible los viajes a velocidades súper lumínicas. Se desarrolló el empuje warp. A menos que el lector sea fanático de la ciencia espacial, quizás no sepa lo que es el empuje warp. Aun con la enorme velocidad de la luz, esta se mueve muy despacio de acuerdo con las escalas del universo. Por ejemplo, tardaríamos cuatro años para llegar a la velocidad de la luz hasta Alpha Centauri, pero tardaríamos mil años en llagar a una estrella que estuviera a mil años luz de distancia de la Tierra. Con sus investigaciones la Nasa logró la forma de distorsionar el espacio tiempo mediante la creación de una burbuja de curvatura dentro de la cual va la nave en su viaje por el cosmos a velocidades muy superior a la velocidad de la luz.

Este concepto permitiría propulsar una nave espacial a una velocidad equivalente a varios múltiplos de la velocidad de la luz, mientras se evitan los posibles problemas asociados con la dilatación relativista del tiempo. Este tipo de propulsión se basa en curvar o distorsionar el espacio tiempo de tal manera que permita a la nave acercarse al punto de destino. El empuje por curvatura no permite, ni es capaz de generar un viaje instantáneo entre dos puntos a una velocidad infinita tal como ha sido sugerido en algunas obras de ciencia ficción en las que se emplean tecnologías imaginarias como el híper motor o el motor de salto.

Una diferencia entre la propulsión a curvatura y el uso del híper espacio es que en la propulsión a curvatura la nave no entra en una dimensión diferente, simplemente se crea alrededor de la nave una pequeña burbuja, burbuja de curvatura, en el espacio tiempo y se generan distorsiones del espacio tiempo para que la burbuja se aleje del punto de origen y se aproxime a su destino. Las distorsiones generadas serían de expansión detrás de la burbuja alejándola del origen y de contracción delante de la burbuja acercándola a su destino. La burbuja de curvatura se situaría en una de las distorsiones del espacio tiempo sobre la cual cabalgaría de manera a como los surfistas se colocan sobre la ola del mar.

Entre los diferentes físicos teóricos que han analizado esta propulsión no existe un diseño o hipótesis común que permita definir una teoría sólida para viajar mediante curvatura del espacio tiempo. El más conocidos de estos diseños es el motor de Alcubierre acerca del impulso de deformación de Alcubierre, publicado en 1994 y que asume uno de los términos empleados en la jerga de Startreck, el factor curvatura o deformación del espacio tiempo y que permite el viaje más rápido que la luz de un objeto gracias a la curvatura generada del espacio tiempo. Si el espacio tiempo se curva de manera apropiada, estrictamente hablando, el objeto o la nave no se mueven a velocidades lumínicas, de hecho, se encuentra estacionaria en el espacio interior de la burbuja de curvatura y es la burbuja la que se mueve llevando en su interior a la nave con su tripulación. Esto es más o menos lo que sucede con la Tierra y sus habitantes, que son llevados eternamente por el espacio a razón de treinta kilómetros por segundo a lo largo de su viaje alrededor del Sol y no sentimos que nos movemos a esa velocidad. Esta situación estacionaria de la nave dentro de la burbuja haría que la tripulación no se viera afectada por grandes aceleraciones y desaceleraciones ni existiría un transcurrir del tiempo diferente, es decir, no sufriría el efecto de la dilatación temporal como en el caso de desplazarse a velocidades próximas a la luz en el espacio tiempo.

La nave, al activarse su propulsión por curvatura, para un observador exterior parecería que se mueve más rápido que la luz y desaparecería de su campo de visión en un breve lapso al expandirse el espacio tiempo de la nave con respecto a ese observador.

Definitivamente los físicos de la Nasa lograron perfeccionar la teoría de Alcubierre, después de muchos aciertos y desaciertos logrando desarrollar y perfeccionar el modo de viajar a velocidades mucho más rápida que la luz mediante el desarrollo del motor de curvatura. Naturalmente este no fue un logro de unos pocos meses. La euforia era tan grande que se trabajaba continuamente y sin descanso en el perfeccionamiento de este descubrimiento. Se necesitaron años de pruebas y más pruebas y quizás sobre todo, un toque de suerte hasta que cuatro años más tarde habían llegado al perfeccionamiento del increíble motor warp. Aquel momento fue de júbilo para la Nasa.

Su victoria fue grande. Las pruebas realizadas fueron exitosas una y otra vez. Ahora solo faltaba una cosa, construir una nave a la cual adaptar el increíble motor de curvatura.

Tan pronto lograron perfeccionar su descubrimiento se procedió en el año 2010 con la construcción de la nave espacial. Estos trabajos se llevaron a cabo en completo secreto debido a que las grandes potencias gastan enormes cantidades de dinero espiándose unas a otras y el sueño de todas es lograr superar la velocidad de la luz, para poder viajar a otros planetas fuera de nuestro sistema solar y así obtener la superioridad tecnológica sobre las potencias en competencia. El diseño y concepto de esta nave fue desarrollado por el doctor Harold White, que está a cargo del Laboratorio Eagle Works de Propulsión Avanzada Espacial de la Nasa. A grandes rasgos, la velocidad warp es mucho más rápida que la velocidad de la luz, que equivale a unos 300,000 kms por segundo o 186,000 millas por segundo. La Nasa había logrado alcanzar la llamada velocidad warp 2 o sea, una velocidad ocho veces superior a la velocidad de la luz. Al crear un vehículo capaz de alcanzar esta velocidad, será posible distorsionar el espacio tiempo y, por lo tanto, reducir los tiempos en los que se realizarían los viajes espaciales. Por fin el hombre podría viajar mucho más rápido que la velocidad de la luz. Lo que hasta ahora había sido un sueño, se había alcanzado y convertido en una realidad.

El concepto y apariencia de esta nave se asemeja al famoso Enterprise de Startreck. La construcción de esta nave se llevó a cabo de forma acelerada. Una nave con empuje por curvatura o empuje warp podría alcanzar la Próxima Centauri, la estrella más cercana a la Tierra, a unos 4.3 años luz, en tan solo 0.5375 años. Viajar a otras estrellas lejanas sería cuestión de meses o de algunos años, pero no de vidas enteras. Por fin el hombre podría comenzar la conquista del universo verdaderamente. Podría descubrir si había vida en otros planetas parecidos o no a la Tierra.

Y mientras la nave era construida, ya la futura tripulación de esta estaba siendo entrenada. Esta nave, llamada oficialmente US Centauro, ya que su viaje inicial sería a la estrella más cercana a nuestro Sol, Próxima Centauri y sería comandada por el astronauta Steven Adams de 45 años un veterano muy conocedor del trabajo que realizaba, el cual había comandado varias misiones con mucho éxito. Sería acompañado por los astronautas James Holden, Martin Douglas, Danny Santiago, Jack Walker, Robert Kennedy y Ed Cambell. Siete astronautas en total que estaban destinados a ser los primeros hombres en viajar mucho más lejos que nadie en la humanidad. Naturalmente estos astronautas fueron entrenados rigurosamente y todos pasaron estos entrenamientos eficientemente.

En el año 2016 la nave US Centauro había sido terminada y se habían hecho innumerables pruebas con ella, siendo todas muy positivas. Verdadera maravilla de la tecnología espacial. ¡Simplemente soberbia! Más grande que un enorme portaaviones, de hecho, superaba por mucho al portaaviones Gerald Ford que tiene unas cien mil toneladas de desplazamiento. Esta nave fue equipada con dos reactores nucleares de última generación que generaban mil mega voltios de electricidad los cuales daban energía a toda la nave, y eran capaces de mover la nave cuando esta no navegaba con el empuje warp. Este reactor también era el que producía la energía inicial del motor warp. Debo decir que esta nave también fue equipada con dos motores warp para mayor seguridad. Ambos motores tenían la forma de enormes anillos alrededor de la nave, uno al frente y el otro en la parte trasera de la nave. Trabajaría con solo un motor, pero el otro estaba listo para funcionar sin problemas en caso de una avería o para ser alternados cada cierta cantidad de tiempo de vuelo. Y el destino de la nave era inicialmente llegar a la estrella Próxima Centauri en específico al único planeta que orbitaba esta estrella llamada Próxima B al cual llegaría en cuestión de menos de seis meses.

Primeramente se realizó un viaje de prueba el cual sería tripulado por maquinaria robótica y una gran cantidad de drones que una vez la nave llegara, saldrían de esta para comenzar los estudios del planeta y ver si en verdad tenía agua y atmósfera capaz de albergar vida animal y vegetal. No había certeza alguna de encontrar condiciones de vida en esta estrella, simplemente era la más cercana y era la más fácil de alcanzar, además de verificar cuan eficiente era la nave, la cual también tenía sofisticados equipos que detectarían si dentro de esta se mantenían las condiciones apropiadas para mantener el confort de los futuros tripulantes humanos. En fin en el año 2017 se realizó este primer vuelo hasta el sistema de Alpha Centauri el cual se llevó a cabo felizmente. La nave llegó sin contratiempos en el tiempo pautado y prontamente los drones salieron de esta, que quedó orbitando a baja altura sobre el grandioso planeta Próxima B.

El planeta era enorme, mucho más que la Tierra, pero hasta ahí todo. Su superficie era muy rocosa en las áereas cercanas a los polos y con grandes desiertos arenosos en su zona central. Ni rastro de agua y mucho menos de vegetación. La nave permaneció por un mes realizando estudios y analizando muestras de terreno y del ambiente. Luego partió de regreso a la Tierra. Un viaje que duró menos de un año el cual se llevó a cabo sin ningún tropiezo. Ante los informes negativos sobre el planeta Próxima B los ojos de la Nasa tornaron hasta la próxima estrella descubierta recientemente.

Este era otro conjunto de tres estrellas enanas rojas como Alpha Centauri, pero una de esas estrellas tenía un sistema planetario compuesto de seis planetas de los cuales dos tenían muchas probabilidades de albergar algún tipo de vida en especial uno al que llamaron Gliese 667Cc.

La nave estaba probada que podía viajar ocho veces la velocidad de la luz. Gliese 667Cc estaba a 23.6 años luz de la Tierra. Sería un viaje de unos 2.95 años.

Entonces se dedicaron de lleno a recopilar toda la información posible que tenían a mano sobre este nuevo sistema planetario ya corría el año 2019 y la Nasa, al igual que el mundo entero había tenido que paralizar sus operaciones por órdenes del gobierno debido a la fuerte y peligrosa epidemia del llamado covid 19. Pero tan pronto la epidemia dio muestras de retroceder ante la masiva vacunación mundial, se reanudaron prontamente las operaciones de la agencia espacial. Y la primera prioridad de la agencia fue el lanzamiento y la puesta en operación del ya famoso telescopio James Webb con el que esperaban mejorar grandemente sus observaciones sobre el sistema planetario de Gliese 667Cc.

Ya el telescopio Hubble estaba deteriorándose rápidamente por su continuo uso y tiempo de operación desde hacía años Por fin en diciembre del 2021 fue lanzado al espacio exitosamente este enorme telescopio. Cuando estuvo en completo funcionamiento las observaciones del espacio profundo dieron un giro de noventa grados. Aquel telescopio era una maravilla. La nasa podía observar objetos a enormes distancias con una perfecta nitidez. Y cuando comenzaron a observar el sistema estelar de Gliese 667 y en especial el planeta Gliese 667Cc el asombro de la Nasa fue de infarto. Las fotos del planeta tomadas por el James Webb mostraban un planeta de exuberante belleza poblado de vegetación y abundantes cuerpos de agua.

Y por fin el mundo supo que había otros planetas con enormes posibilidades de albergar vida. Aunque esta no fuera inteligente, pero era vida. Y la Nasa se dedicó entonces a organizar en completo secreto este tan soñado viaje. La nave estaba lista con su tripulación para partir prontamente, pero las expectativas de la Nasa fueron más agresivas y decidieron cambiar el tipo de tripulación que viajaría en la nave. Esta vez irían muchos científicos especializados en todas las ramas de la biología. Y además, personal capacitado para una posible colonización del planeta si las condiciones de vida de este eran adecuadas.

III- Un Viaje Increíble

Se procedió a seleccionar el personal idóneo para este propósito. La nave tenía capacidad para llevar cómodamente a más de cinco mil personas y suficiente material para establecerse en lo que sería la primera colonia fuera de nuestro sistema solar. Debo hace ver que los enormes porta aviones americanos pueden llevar sobre seis mil personas en su interior. Así que se procedió con el reclutamiento del personal. No tuvieron ningún problema para este reclutamiento. El personal reclutado fue seleccionado bajo estrictas normas de seguridad y salud, gente joven, saludables, inteligentes, llenas de vida, hombres y mujeres casi en igual proporción. De todas las profesiones y especialidades. Para esta legión de científicos y colonos era un verdadero honor el haber sido seleccionados para ser los primeros colonos espaciales. Y este personal fue debidamente adiestrado sobre las expectativas que se podrían dar en caso de encontrar vida animal en el planeta.

Se embarcó la nave con grandes cantidades de materiales de construcción, maquinaria, herramientas, armas y medicinas. También enormes cantidades de productos alimenticios y ropa para todas las posibles necesidades. En fin en el año 2023 la nave estuvo lista para la partida. En el verano de este año y en absoluto secreto, aquella nave cargada con su preciado cargamento, partió hacia su increíble destino. Cinco mil personas que tenían la misión de formar la primera colonia de la Tierra en un nuevo mundo. Todos sabían que de encontrar algún tipo de vida en el planeta, esta no sería como la de la Tierra, pues el planeta, por ser mucho más joven que la Tierra no debería estar en el mismo orden evolutivo de esta. Digo no debería suponiendo que el patrón evolutivo de la Tierra fuera el mismo para todo el universo. Esta teoría puede ser errónea ya que la evolución puede depender de muchos otros factores. En la Tierra coexisten más de un millón de especies de distintas formas de vida entre insectos, vertebrados, bacterias y aves y esto sin contar las especies que a través de cientos de millones de años han poblado el planeta y se han extinguido. Una enorme variedad de especies desde tamaños microscópicos hasta colosales tamaños como la ballena azul, el mamífero más grande que existe actualmente. De existir vida en Gliese 667 Cc, quien sabe cómo esta podría ser y qué de peligros podrían enfrentar los colonos.

La Nasa tenía varios motivos para realizar este intrépido viaje además de convertir a los Estados Unidos y sus aliados en los líderes en la conquista del universo. La Tierra ya estaba súper poblada, era un planeta con más de siete billones de habitantes, su capacidad alimenticia disminuía año tras año. La contaminación ambiental cada año era incontrolable, en otras palabras, la Tierra estaba muriendo. Se moría lentamente y para salvarla o alargarle la vida, habría que reducir drásticamente esta enorme población. Se llegaría el momento en que la misma naturaleza se encargaría de librarse de esta enorme cantidad de gente o la Tierra se moriría una vez se agotaran todos sus recursos. De hecho ya en muchas partes del mundo se estaban notando los efectos de lo que podría ser el comienzo de una extinción masiva de la vida en la Tierra, fuertes temblores en todas partes del planeta, las zonas tropicales sufrían tormentas cada vez más fuertes y devastadoras. Los inviernos eran cada vez más intensos y prolongados, lo que llevaba a la suposición, según los científicos a que pronto podría haber una inminente glaciación que podría poner fin sino a la humanidad. Por lo menos a gran parte de la población animal y vegetal así como a una enorme disminución de la población humana.

Seguramente todos recordamos aun aquella terrible plaga que ocurrió entre los años 2019 al 2021 llamada covid 19 y que amenazó con diezmar a la población mundial. Quizás esta fue una forma de la naturaleza para defenderse de la amenaza que representaba el exceso de población. Pero el hombre fue muy sabio y logró vencer la terrible plaga que dejó millones de muertes en todo el mundo.

Dando esto por sentado, la nave partió secretamente de la Tierra llevando en su interior su precioso cargamento de vidas humanas hasta llegar cerca de la luna sin activar su sistema súper lumínico. Una vez obtenidas las coordenadas del planeta se activó el sistema súper lumínico. La nave fue envuelta en la burbuja de curvatura al activarse el motor warp y la nave desapareció instantáneamente del campo visual de los científicos de la Nasa que observaban la partida. La nave partía hacia lo desconocido. Por primera vez en la historia de la humanidad el hombre salía de los límites del sistema solar y se adentraba en lo desconocido.

Decir 23.6 años luz es fácil. Lo difícil es imaginarse esta enorme distancia. Para que el lector pueda comprender un poco la realidad de esta distancia, le vamos a dar varios ejemplos. Imagínese el lector que puede identificar un rayo de luz que se desprende del Sol en dirección a la Tierra. Este rayo tarda 499 segundos en llegar a su destino, o sea, ocho minutos con 19 segundos para recorrer una distancia de ciento cincuenta millones de kilómetros. ¿Increíble verdad? Esto quiere decir que en la hipotética situación que el Sol desapareciera, tardaríamos ocho minutos con 19 segundos en notarlo en nuestro planeta, cuando llegaría a nosotros el último rayo de energía de nuestro Sol y nos invadiera la terrible oscuridad con su terrible y permanente ola de frio, que al poco tiempo convertiría a la Tierra en un inmenso desierto de hielo. Y para llevarlos casi a la locura vean estas estadísticas. La luz recorre 300,000 kilómetros por segundo. Un día tiene 86,400 segundos. Entonces 2, 592,000,000 kilómetros serian la distancia que recorre la luz en un día. Multiplicamos esta cantidad por 365 días y el resultado sería la distancia en kilómetros que recorre la luz en un año. O sea 9.46X10 seguido de doce ceros (9 460 730 472 580.8 kilómetros) y esta cantidad la multiplicamos por 23.6 años y esa sería la cantidad de kilómetros que separan a la Tierra del planeta Gliese 667Cc y que la nave US Centauro estará recorriendo durante unos 2.95 años (223 trillones 273 billones 239 millones 152 mil 906 kilómetros). Aun expresándola en números esta enorme distancia es muy difícil de visualizarla en nuestro cerebro.

Como ya se dijo anteriormente la gigantesca nave partió de la Tierra en absoluto secreto hasta alcanzar el espacio abierto bastante lejos de esta y una vez allí fue puesto en funcionamiento el sistema propulsor una vez establecidas las coordenadas del planeta a visitar. Para activar el propulsor de curvatura la burbuja requiere de una cantidad enorme de energía y mientras cubre la nave, empieza a distorsionarse el espacio tiempo. Al frente de la nave el espacio tiempo entre nosotros y nuestro destino se empieza a comprimir y al mismo tiempo el espacio detrás de la nave se expande, lo que nos lleva hacia adelante. Al partir la nave hacia las estrellas los tripulantes no sintieron ningún tipo de molestia a pesar de alcanzar una velocidad tan increíble. Durante el viaje, desechos espaciales pueden colisionar con la burbuja, pero la propia energía que esta produce los desintegra. Serian casi tres años viajando a velocidades muy difíciles de imaginar. Los intrépidos viajeros se estarían preparando durante el viaje para enfrentar todos los retos que pudieran presentarse al llegar a su destino. Claro está, retos que pudieran resolverse sin afectar la seguridad de estos. Si no había ninguna clase de problemas hostiles que afectaran la seguridad de los viajeros la agenda del viaje era de tomar posesión del planeta y explorarlo detalladamente sin alterar, hasta donde fuera posible la naturaleza misma del entorno.

La seguridad de la nave estaba a cargo de un contingente de soldados de mil miembros a cargo del mayor general del ejército de los Estados Unidos Paul Scott equipados con el mejor armamento disponible en aquel momento. El equipo médico se componía de varios doctores muy competentes y alrededor de cincuenta enfermeras muy capacitadas.

La estructura de la nave estaba compuesta de varios niveles siendo el principal el área de comandos de la nave el cual era comandado por el capitán de la nave, su personal de vuelo y el equipo de seguridad de esta. En otro nivel estaba el cuarto de máquinas donde se encontraban los generadores y toda la maquinaria que mantendría el funcionamiento adecuado de la nave. En el siguiente nivel estaba el área donde se creaba la atmósfera artificial y gravedad similar a la de la Tierra. El resto de la nave estaba organizado como si fuera un enorme hotel. Tenía todas las comodidades de un lujoso hotel americano. Aquella nave parecía más bien un barco crucero volante con un área de diversiones que incluía todas las facilidades de un crucero de lujo de esos que surcan las aguas del Mediterráneo o del Caribe: piscinas, restaurantes, cines, discotecas, en fin todo lo que podía hacer agradable un viaje tan largo. Todas estas facilidades estaban disponibles para los viajeros y el personal de seguridad de la nave y todos las usaban ordenadamente y en completa armonía.

Aquella tripulación compuesta de hombres y mujeres que en su amplia mayoría se conocieron durante la época en que fueron reclutados fueron inter actuando unos con otros y como era de esperarse surgieron los primeros romances entre estos. Y en varios casos estos romances llegaron a formalizarse en matrimonios que fueron oficializados por el capitán de la nave. Y prontamente esta situación se volvió la orden del día en la nave. Se efectuaron muchos matrimonios lo que llevó a pensar que posiblemente llegaran a haber varios nacimientos en la nave durante el viaje. Y ante esta posibilidad se alertó al personal médico el cual seguramente no esperaba esta situación en el viaje.

Se comenzaron a dar conferencias a los recién casados sobre los posibles contratiempos que se pudieran presentar en caso de un embarazo y posible alumbramiento en pleno vuelo. No se habían llevado estudios sobre el comportamiento de un embrión en el útero de una madre en una atmósfera artificial como la que se vivía en las naves espaciales. ¿Puede un feto sobrevivir en un ambiente con gravedad artificial? Hasta el momento no había ningún estudio que afirmara esta situación y ante esta condición se optó por tratar de evitar cualquier embarazo a bordo por el bien tanto de la madre como del feto. El personal médico a bordo no había contemplado que esta situación se pudiera llevar a cabo y se aconsejó a los esposos el evitar hasta donde fuera posible un embarazo. Definitivamente a bordo no había ningún tipo de anticonceptivo.

Por suerte, durante el viaje no se presentó este temido incidente.

IV- La Llegada

No es nuestra intención detallar punto por punto un viaje casi tres años por el universo. Sería interesante leer la bitácora de vuelo para estos menesteres y además el propósito de esta narración no es fatigar tanto al lector. Nos limitaremos a decir que este viaje se llevó a cabo con mucha normalidad y a no ser por los sucesos narrados, el viaje se efectuó como fue programado. Durante toda la travesía los ocupantes de la nave mantuvieron una salud óptima y una condición física excelente. Toda la tripulación de la nave debía cumplir con las normas y leyes en la cual el jefe supremo era el capitán. Todo estaba reglamentado en la nave. Los tripulantes debían realizar ejercicios físicos en los varios gimnasios que había en esta y además eran monitoreados continuamente por el personal médico a cargo de la salud de estos. Como dijimos anteriormente los viajeros no sentirían ninguna molestia durante el viaje. La nave viajaba dentro de una burbuja, estando estacionaria dentro de esta. Era la burbuja la que viajaba a la fantástica velocidad de ocho veces la velocidad de la luz, arrastrando la nave dentro de ella.

Y después de casi tres años viajando por aquel enorme infinito, los intrépidos viajeros llegaron a su destino, era el año 2026. Justo frente a la nave se podía ver el enorme planeta al que habían llegado. Su parecido con la Tierra era casi idéntico, aunque no se podían ver las áreas del suelo por las muchas nubes casi rosadas que cubrían su superficie. La nave se detuvo sobre el planeta y luego bajó a este hasta alcanzar la altura de vuelo de los aviones convencionales en la Tierra. Algunos viajeros se preguntaron lo que sentirían los habitantes del planeta si vieran aquella enorme nave posada sobre la atmósfera del planeta. Seguramente, si eran seres sin mucha o ninguna tecnología, hasta los podrían creer dioses. Los científicos comenzaron prontamente sus labores de estudio de este a tan poca distancia. El planeta era grande, muy grande y estaba cubierto de una densa capa de nubes. Se lanzaron sondas y aviones espías o drones no tripulados que sobrevolaron a baja altura la superficie del planeta. Las sondas, una vez se posaban en la superficie del planeta, enviaban información a la nave sobre los componentes de la atmósfera y el terreno. Los drones, equipados con cámaras de alta resolución, enviaban videos de toda la superficie del planeta. Estos videos causaron gran emoción en la tripulación pues demostraron grandes extensiones de tierra cubiertas de exuberante vegetación y muchos cuerpos de agua, océanos, ríos y lagos. Y lo que era más extraordinario, se alcanzaban a ver figuras de animales corriendo por aquellas tranquilas praderas.

Júzguese la gran emoción que sintieron aquellos bravos exploradores al corroborar lo que ya habían estudiado mediante la información recopilada desde la Tierra por los telescopios Hubble y James Webb. Aquel planeta estaba vivo, rebosaba de vegetación, agua y criaturas vivientes. Había allí criaturas vivas, animales que poblaban aquel hermoso planeta tan parecido a la Tierra. Aquellos viajeros habían confirmado que la Tierra no era el único planeta con vida en el universo. Y pronto iban a comprobar cuan similar era esta vida animal y vegetal con la existente en la Tierra.

Los viajeros observaban desde la nave aquella enorme bola rojiza que tenían ante ellos. Más allá en la distancia se podía ver la estrella que, al igual que nuestro Sol, era la causante de que el planeta fuera un santuario de exuberante vida. Gliese 667C era más pequeña que nuestro Sol, pero debido a lo cerca que estaba el planeta de esta, se veía enorme, mucho más grande que nuestro sol. También era más fría según los estudios realizados, pero mantenía un planeta orbitando alrededor de esta que se convertiría en el hogar de una población terrícola que pronto se quedaría sin hogar, pues la Tierra estaba condenada a desaparecer del universo, aunque esta noticia aun los colonos no la conocían, pero pronto se iban a enterar de la gran tragedia que amenazaba al planeta Tierra.

Los científicos seguían analizando toda la información que seguían recibiendo del planeta.

----Esto es fantástico, este planeta presenta una composición prácticamente igual a la de la Tierra.

---- Si, la temperatura ambiente en el área es de ·32 grados. Tenemos una gran vegetación, agua abundante, hay grandes cantidades de animales en las praderas. Esto es un paraíso.

---Eso quiere decir que podemos bajar al planeta sin ninguna protección. Estaremos igual que en la Tierra.

El capitán Stevens Adams, luego de admirar el paisaje que tenía ante su vista, se dirigió a todo el personal a bordo.

---Amigos por fin hemos llegado a nuestro destino. Los análisis y estudios realizados nos indican que el planeta es completamente habitable y aparentemente seguro. Aun así tomaremos todas las medidas de seguridad necesarias para el bien de todos. Primeramente una comitiva de soldados y científicos bajará al planeta para el completo estudio y análisis final de este antes de permitir el desembarco de todos los tripulantes. Por ahora, todos se mantendrán en la nave realizando sus labores de rutina. Una vez los soldados lo indiquen, iremos embarcando ordenadamente en las naves de desembarco. Ahora tomaremos el resto del día para descansar, dar gracias al creador por haber permitido realizar este maravilloso viaje y celebrar nuestro éxito.

Las palabras del capitán fueron recibidas con aplausos y abrazos de unos y otros. La alegría en la nave era indescriptible y todos esperarían con ansiedad el desembarco en el planeta.

Ni decir que la llegada de la nave al planeta y los preliminares estudios realizados, fueron informados inmediatamente a la Tierra. El júbilo de la Nasa fue enorme. Las instrucciones fueron seguir con el programa acordado, el desembarco del personal para el estudio del planeta.

Al otro día una comitiva de veinticinco soldados al mando del capitán Clint Reynolds y los biólogos Austin Holden, Eva O Jara y Hellen Avery, los botánicos Alice Samuels y Sebastián Spencer, el doctor Nicolás Hudson, la zoóloga Laureen Adams y el arqueólogo Mario Silvetti abordaron la nave que llevaría por primera vez a suelo una dotación de exploradores a un planeta tan lejano. Treinta y cuatro personas que pondrían dentro de poco los pies en un verdadero nuevo mundo.

El personal a cargo de la seguridad de la expedición iba armado con modernas y eficaces armas, pero tenían instrucciones de usarlas solo en caso de extrema necesidad. No estaban allí para causar, hasta donde fuera posible ningún daño.

La nave se posó suavemente en la superficie del planeta. Poco tiempo después la puerta de salida de la nave se abrió lentamente. Un suave aroma penetró dentro de esta, era el aroma de campo y vegetación característico de los campos en la Tierra. Los exploradores sintieron aquella suave brisa llena de aromas de campo. El capitán Clint Reynolds fue el primero en comenzar a bajar los pocos escalones que lo separaban del suelo del planeta. Detrás de este fueron bajando lentamente los soldados con sus armas listas para ser usadas si fuera necesario. Una vez en tierra miraron a todos lados. Una bandada de hermosas aves pasó volando y grajeando por sobre sus cabezas. El panorama a su alrededor era de extraordinaria belleza. Allí todo era sumamente tranquilo. Todos bajaron al planeta menos cinco soldados y el piloto de la nave que quedaron, por precaución listos para recibir de regreso a los exploradores y partir rápidamente en caso de una emergencia.

Los terrícolas respiraron aquella atmósfera de Gliese 667 Cc por largo rato. Todo era tan puro, tan fresco. A su alrededor iluminado por una tenue y rojiza claridad, podían ver una extensa pradera cubierta de una vegetación tan parecida a la de las praderas africanas, pero no tan verde como esta. Allí predominaban los tonos rojos claro mesclados con hermosos tonos naranja y verde claro. Más allá, en la distancia se podían observar grandes extensiones de árboles muy altos. También se podía ver un cuerpo de agua que podía ser un lago. Y lo más maravilloso, en la pradera y las cercanías del lago se podían ver rebaños de animales que pastaban en armonía. Aunque no se podían distinguir especies, si podían ver que eran diversas y al parecer, todas eran vegetarianas, pues pastaban pacíficamente lo cual no sería posible si fueran acechados por predadores. El lago y las cercanías de este estaban poblados de grandes cantidades de aves que volaban en todas direcciones. Se podían ver troncos de árboles caídos al suelo cubiertos de un espeso musgo color verde rojizo. Allí solo se respiraba paz y armonía. Por primera vez el ser humano posaba sus pies en otro planeta lejos de la Tierra, otro planeta lejos de su sistema solar, pues ya el hombre había visitado físicamente la luna y a Marte sin encontrar nada capaz de compararse con lo que estaban viendo en este momento.

--- ¡Dios pero este planeta es un paraíso!

Entonces, como animados todos por un mismo sentimiento, posaron sus rodillas en tierra y oraron por largo rato dándole gracias al creador por haberles permitido llegar a aquel hermoso lugar.

---Bien amigos, vamos a seguir explorando el lugar. Tomaremos muestras del terreno, de las plantas y del agua y las analizaremos. Hay que ver si tenemos algún tipo de bacteria extraña a nosotros.

Casi al mismo tiempo que los científicos, varias naves tripuladas por soldados habían salido de la nave madre y sobre volaban a poca altura con el propósito de estudiar más a fondo el planeta. Volaban en distintas direcciones por el área boscosa, por los cuerpos de agua y prontamente algunas se adentraron en la parte oscura del planeta con el propósito de medir la temperatura del lado oscuro y ver si encontraban allí señales de vida también.

Se pudo determinar que en realidad la parte oscura del planeta no era tan oscura y luego de los estudios preliminares se pudo constatar que siendo la estrella Gliese 667C parte de un sistema triple, la luz que emitían las estrellas Gliese 667 A y B, aunque bastante lejos, alumbraba levemente gran parte del planeta que no recibía la luz de su estrella. Era como si el planeta tuviera dos lunas y también pudieron observar que en la Tierra había lugares mucho más fríos que en esta parte oscura del planeta. Esto debido a que de las estrellas A y B llegaba un tenue calor a este no como en el caso de nuestra luna, que al ser un cuerpo frio solo refleja la luz solar como un espejo, pero sin ningún calor. y probablemente las aguas cálidas de los mares del lado diurno se juntaban con las aguas del lado oscuro compartiendo su calor. La parte iluminada del planeta sí era verdaderamente calurosa. A varios miles de millas de la zona termidor se midieron temperaturas abrasadoras, mucho más altas que las temperaturas de nuestros más áridos desiertos. Esta parte del planeta era extremadamente árida y posiblemente estaba completamente deshabitado. Naturalmente esta zona, enorme de por sí, no limitaba mucho la habitabilidad del planeta debido a su enorme tamaño. Ya sabemos que Gliese 667Cc es tres veces más grande que la Tierra y que además tiene dos zonas termidor en lados opuestos del planeta, o sea, una zona termidor en el lado donde sería el amanecer y la otra en el lado donde sería el anochecer. Esto dependiendo de lo grande que pudieran ser los océanos, le daba al planeta una enorme porción de tierra firme para ser habilitada a las necesidades de la colonia. Esto en un momento dado seria un poco engorroso pues los colonos que habitaran una zona termidor estarían aislados de los que habitaran la otra. Y si la colonia prosperara, se llegaría el momento de pensar en estos detalles.

Todas estas investigaciones fueron reportadas desde la nave a la Tierra. Al ser recibidos estos primeros informes, el júbilo en la Nasa fue extraordinario. Lo habían logrado, el planeta era habitable y ya tenían una colonia establecida. Las instrucciones eran de instalarse formalmente en el planeta y continuar evaluando las condiciones de este. Naturalmente estas instrucciones serian seguidas al pie de la letra por los colonos.

La colonia se adaptaba maravillosamente al planeta. La interacción de estos con la fauna fue espontánea. Estos animales eran completamente dóciles y al nunca haber visto seres humanos, no tenían ningún motivo para temerles. Entre las especies vistas hasta el momento pudieron identificar muchas variedades de mamíferos parecidos a los de la Tierra como bóvidos, rumiantes, antílopes, caballos, en fin, cientos de especies que serían clasificadas en su debido momento. El reino de las aves era igual de prolífico que los mamíferos.

---Aquí hay suficiente comida para alimentar la colonia por un tiempo indefinido.

---Si, por lo menos en cuanto a la carne. Veremos a ver la variedad de vegetales y frutas a nuestra disposición en los bosques.

----También en los lagos, ríos y mares debe de haber gran variedad de peces comestibles.

---Sí, la despensa estará bien provista.

---Y tan pronto domestiquemos algunas especies y las tengamos en las futuras granjas no tendremos que preocuparnos por salir a buscar el alimento. Lo tendremos a disposición siempre.

---No sé, pero hay algo extraño en este planeta.

---- ¿A qué te refieres?

Los que tenían esta conversación eran los científicos Austin Holden, Sebastián Spencer y Laureen Adams los cuales se encontraban

---

en pleno laboratorio natural, la pradera, junto al lago y en medio de tantos animales que los miraban muy curiosos. Un poco retirados de ellos había tres soldados que velaban por la seguridad de los científicos. El resto de la colonia se dedicaba a preparar un enorme campamento para pernoctar cuando el cansancio los invadiera.

---Para empezar –dijo Laureen – no hemos visto ningún animal depredador. Y entre tanto ganado que corre libremente por estas praderas debe haber depredadores que se alimenten de estos. ¿No creen?

---Si Laureen, tienes razón.

---Y lo que es más, en un planeta que se encuentra en plena evolución, con un retraso evolutivo de más o menos un millón de años comparado con la Tierra y no se ven vestigios de seres bípedos ancestros del hombre.

--- ¿Y quién te dice que no estén en otra área del planeta, por ejemplo, en la otra zona termidor?

---Si tienes razón, pero esta zona debe ser una magnifica área de caza con tantas presas a disposición.

--- Si hubiera seres humanos en la otra zona termidor es posible que no hayan podido conectarse con esta zona por razones obvias. Bueno ya descubriremos la razón, tenemos mucho tiempo para estudiar el planeta. ¿A eso fue que vinimos no?

---Claro, pero es que es algo curioso. Además los exploradores que han sobre volado el planeta no han reportado ningún encuentro con seres humanos ni bestias feroces.

---Si, pero han visto grandes manadas de monos entre los árboles de los bosques.

---Bueno regresemos al campamento, descansemos y mañana continuaremos con nuestras investigaciones.

--- Claro vamos.

Comenzaron el camino de regreso al campamento. Los científicos, muy curiosos ante todo lo que se presentaba a sus ojos, observaban que al pasar junto a los animales con que se topaban estos no demostraban el más mínimo temor. Había allí una gran variedad de mamíferos casi exactamente igual a los que habitaban en la Tierra. En aquella extensa pradera pastaban juntos vacas, caballos, bisontes, antílopes, cebras. En fin, allí convivían juntos, en plena armonía, animales que en la Tierra vivían separados por barreras geográficas. Al parecer estas barreras no existían en el planeta. En el lago pululaban grandes cantidades de ánades de distintas especies y colores.

---Estos animales no saben lo que es el temor al hombre ni a ningún predador. Es como si estos no existieran.

---Ya pronto sabrán lo que es el temor cuando los cacemos para alimentarnos de ellos.

---Eso me temo, que hayamos llegado aquí a destruir el balance ecológico de la naturaleza. ¿Es que no se fijan? Aquí hay una gran interacción entre la vida silvestre y la naturaleza. Es como si el planeta entero los protegiera.

---Bueno esto es muy bonito, pero recuerda que una de las causas por las que estamos aquí, es porque ya casi no tenemos cabida en la Tierra. Porque ya escasean los materiales, los alimentos y las cosas esenciales para vivir. Razona eso, al paso que gastamos los recursos de la Tierra, quizás en unos cuantos cientos de años no tengamos un hogar en el universo y Dios nos está dando una segunda oportunidad para comenzar de nuevo

    ---Es posible, solo que no debemos desperdiciarla.

V- Los colonos reconocen el planeta

Durante la comida los colonos siguieron compartiendo sus descubrimientos e investigaciones. El planeta era en verdad muy prometedor. Todas las muestras del suelo, del aire, del agua y de la vegetación que tomaron fueron analizadas y evaluadas y luego comparadas con la Tierra. El parecido era muy semejante en todo y en muchos casos superaba por mucho a la Tierra, por ejemplo el agua. El agua estaba libre de toda contaminación, era pura y cristalina, el aire que se respiraba era virgen. Los colonos lo respiraban con deleite, era libre de toda la contaminación que tenía el aire de la Tierra el cual estaba extremadamente contaminado de monóxido de carbono y del humo proveniente de todas las industrias que indiscriminadamente lanzaban sus contaminantes desperdicios a la atmósfera y a los cuerpos de agua. El ambiente carecía de agentes contaminantes y hasta el momento el clima era superior en muchos casos al de la Tierra.

Ante tan buenas noticias se dieron instrucciones a la tripulación de la nave a descender completa al planeta. Primero bajaron los soldados, que ahora además de la misión de proveer seguridad a la colonia, tenían también la misión de comenzar la construcción de viviendas para todos. Naturalmente, el personal masculino de los colonos también trabajaría incansablemente en estos menesteres. Se procedió a bajar de la nave todo el equipo de construcción y materiales. La primera gran industria que se desarrolló fue la construcción de un aserradero para la fabricación de tablas con las que prontamente comenzaron con la construcción de viviendas adecuadas para todos. Los bosques proveyeron de madera en abundancia y de muy buena calidad y prontamente se comenzaron las obras. Mientras estas construcciones se llevaban a cabo el personal científico seguía realizando sus estudios del planeta. También se dieron a la tarea de poner nombres a todo lo que los rodeaba y a levantar un mapa de la parte del planeta que ocupaban. El primer lugar en recibir nombre fue el lago. Se llamó Lago de la Tranquilidad. Luego vinieron la extensión de tierra firme en que estaban que se llamó Nueva América. Las montañas al sur se llamaron los montes Lincoln y los bosques al este, los cuales estaban destinados a proveer la madera para las viviendas, se llamaron Bosques de la abundancia. También se fue desarrollando un mapa del lado conocido y explorado del planeta que se iba ampliando y poniendo al día a medida que avanzaban en las exploraciones.

Mario Silveti, en su calidad de arqueólogo, estudiaba afanosamente el suelo del planeta y por el estudio de las rocas determinó que el planeta podría tener unos tres mil millones de años. Esto lo pondría a ser más joven que la Tierra. En cuanto al orden evolutivo sin embargo no guardaba un patrón evolutivo similar a la Tierra ya que la vida allí era prácticamente similar a esta y si la evolución en el universo llevara el mismo patrón de la evolución en la Tierra, el planeta estaría casi en el periodo Carbonífero. Esto llevó al científico a promulgar una teoría evolutiva a la que se efectuó en la Tierra. No necesariamente la evolución era un patrón común similar a la Tierra para los planetas del universo, si no que podría tener otros factores determinantes del planeta como tal que podrían estar determinados más bien por el tiempo en que tarde el planeta en enfriar desde su nacimiento y llegara a reunir las condiciones adecuadas para que se desarrolle la vida en este y por la temperatura de la estrella que calienta a este. Teniendo en cuenta que la estrella Gliese 667 C era más fría que nuestro Sol, pues el periodo de enfriamiento del planeta pudo haber sido mucho más rápido que en la Tierra.

Pero pasadas varias semanas de exploración y estudio del planeta, había algo que en realidad preocupaba a los científicos y era que habiendo reconocido gran parte del planeta, aún no habían encontrado rastros de ningún tipo de seres humanos, solo algunas variedades de primates pero ningún tipo de animales depredadores. Siempre las observaciones giraban en torno a esta cuestión.

---Y lo más lógico es que estas especies deban encontrarse en alguna parte del planeta—dijo Eva Ojara.

---Creo que tienes razón Eva, pero es posible que, de existir, estén al otro lado del planeta y no hayan podido llegar acá por las barreras geográficas mares, montañas, ya sabes –dijo Austin.

---O quizás porque no existan – sentenció Hellen Avery.

--- ¿Cómo que no existan?

---Bueno quizás la naturaleza desistió de tener esos seres merodeando por el planeta. No sientes la paz y seguridad que se respira por doquier? ¿Crees que teniendo la presencia de seres humanos y animales depredadores en los campos y llanuras habría esa paz?

--- Quizás estés en lo cierto ¿Pero porqué si hay la misma flora y fauna que en la Tierra no tenemos seres humanos aquí que los representen?

---No solo seres humanos, acaso no faltan leones, tigres, leopardos y toda esa gama de depredadores que existen en la Tierra?

---Si, tienes razón. Esto es muy raro y quizás, por ahora va más allá de nuestra comprensión.

---Es que esto no tiene lógica. ¿Entonces como estos animales controlan su población? ¿Se siguen procreando sin control? No lo creo, pues se llegaría un momento en que serían tantos que no tendrían alimentos para todos.

---Bueno la verdad es que no vemos cantidades enormes de estos, así que debe de haber algún método de control poblacional. ¿No creen?

---Posiblemente no sean muy prolíficos, o su capacidad de procreación sea muy limitada, o sus ciclos de reproducción sean muy espaciados, quien sabe.

---Tenemos mucho que aprender de este planeta, el tiempo nos dará respuestas.

--- Seguro, mientras tanto, disfrutemos de este paraíso.

---Si, esa es la palabra, paraíso. Y quizás nosotros vinimos a perturbar la paz de este santuario natural.

--- ¡Pues ya sabemos, el paraíso no estaba en la Tierra y sin buscarlo, lo hemos encontrado tan lejos de esta!

--- Bueno todo esto es muy bonito, pero sigue sin explicación la falta de seres humanos en el planeta.

--- Y quien te dice que debe haber seres humanos?

--- El proceso evolutivo.

--- Bien por el proceso evolutivo. ¿Pero quién te dice que el proceso evolutivo aquí tiene que ser el mismo que en la Tierra? ¿Quién nos dice que la evolución guarda el mismo patrón de la Tierra en el resto del universo? No tomemos la evolución del universo tan a la ligera cuando solo conocemos dos planetas en un universo tan vasto y en el que hay millones de planetas que pueden estar habitados. Además, este planeta es muy joven y quizás todavía no le toca al hombre su turno evolutivo. Hasta es posible que la rama que se desprendió durante el proceso evolutivo de los simios y que dio paso al desarrollo del ser humano primitivo en la Tierra, no se efectuó igual aquí, o no se ha dado aún en este planeta.

---Estoy de acuerdo contigo Austin, en la misma Tierra, cuantos millones de años tardó el hombre en evolucionar desde que surgió la vida? Fueron cientos de millones de años. La naturaleza estuvo realizando experimentos con distintas formas de vida hasta llegar al hombre.

---Si y quién sabe si los dinosaurios no se hubieran extinguidos, hubiera el hombre tenido la oportunidad de enseñorearse de la Tierra, pues estos se apoderaron de todos los lugares del planeta, como hizo el hombre millones de años después.

--- Amigos, podemos estar mucho tiempo especulando sin encontrar respuestas. Lo importante ahora es que estamos en un planeta maravilloso y lleno de vida y que además de estudiarlo, debemos disfrutarlo.

---Estamos muy de acuerdo contigo Eva. El planeta es bellísimo y tiene mucho que ofrecernos.

--- Debemos adaptarnos al planeta. Hay varias diferencias con la Tierra. Por ejemplo, esta continua e interminable claridad. No tenemos noches, solo días interminables.

--- Si, pero poco a poco nos adaptaremos. Podemos instalarnos en el lugar de la penumbra y después ir acercándonos más a la zona alumbrada.

---No se ustedes pero yo me siento bien aquí – dijo Eva – No me molesta la claridad para dormir.

--- Será cuestión de adaptarnos. Dentro de poco todo estará bien para todos.

--- ¿Si, pero como diferenciaremos un día de otro?

--- Ya sabes que todos tenemos un reloj biológico y además nuestros relojes trabajan aquí igual que en la Tierra.

--- Oye, que tal si tan pronto estemos todos instalados hacemos una excursión a los Montes Lincoln para explorarlos. Debe ser interesante.

--- ¿Sabes que es una magnífica idea? Será como realizar un picnic, llevaremos comestibles y nos divertiremos de lo lindo a la vez que reconocemos el planeta.

--- Pues vamos a ver cómo van los procesos de instalación de la colonia.

--- Vamos.

Y pasaba el tiempo. Los colonos seguían estudiando a la saciedad el planeta que poco a poco era explorado. La colonia se estableció cómodamente en aquellas bonitas construcciones que se levantaron en la Nueva América. Naturalmente estas casas se construyeron muy similares a las casas de los campos de la Tierra con sus calles y avenidas, sus verjas y las mujeres le daban el toque femenino sembrando flores y creando hermosos jardines. Pronto se adaptaron todos a la vida en el planeta. Y era que allí todo era tan apacible que no había motivos para preocupaciones. En Gliese todo era abundante. La despensa siempre estaba repleta. Los bosques suplían de frutas y vegetales en grandes cantidades y la carne estaba disponible en todo momento. También el lago suplía de abundante pesca. Las aves también aportaban ricos huevos y carne.

Se separaron extensiones de tierra para el cultivo por varios colonos y se construyeron granjas para la cría de ganado y aves y pronto los colonos fueron convirtiendo la Pequeña América en una prospera ciudad auto suficiente.

Vamos a dejar a nuestros bravos colonos seguir con el desarrollo de su hermosa y próspera comunidad por ahora. Dejémoslos explorar todo el planeta y volvamos a la Tierra, donde prontamente van a ocurrir eventos que van a impactar enormemente al planeta Gliese 667 Cc.

VI- Apocalipsis

Con la conquista y exploración del planeta Gliese 667Cc la humanidad daba el primer paso en la conquista del universo. De ahora en adelante seguirían avanzando y adentrándose más en el inexplorado universo. Planeta tras planeta irían realizando nuevos descubrimientos hasta que quizás algún día pudiera entablar relaciones con seres inteligentes como ellos.

En la Nasa todo era alegría. La celebración era en grande. Pero mientras unos disfrutaban del éxito, otros trabajaban incansablemente observando el universo a través del telescopio James Webb y los muchos telescopios a lo largo de todo el planeta. Este era el caso del joven astrónomo Paul Morris y su compañero Sean Spencer, los cuales tenían su turno en el sofisticado laboratorio de controles del fabuloso telescopio en el Space Telescope Institute en Baltimore Maryland. Ese día 23 de marzo del año 2028 sería memorable para estos astrónomos. Paul Morris era un astrónomo moderno, atlético, alto y bien proporcionado que, a sus 30 años ya tenía una prometedora carrera en la Nasa y estaba casado. Tenía un niño, el cual era muy querido por sus padres. Su compañero, Sean Spencer era un poco mayor que él. Tenía 37 años y también casado. Estaba un poco pasado de libras y con una ligera tendencia a la calvicie, pues ya tenía una amplia frente. Estos dos astrónomos estaban frente a los controles mirando las pantallas que reflejaban amplias aéreas del universo observadas por el telescopio. En un momento dado Paul Morris se quedó mirando más detenidamente a las pantallas de los monitores. El panorama que se presentaba en los monitores era verdaderamente fascinante. Cientos de miles de estrellas de todos tamaños se podían ver con suma claridad. Paul Morris observaba atentamente un punto luminoso que al parecer le causó extrañeza pues era la primera vez que lo veía. Siguió observándolo detenidamente y tomó fotos del objeto. Buscó la posición de este por medio de los ordenadores y luego de estar seguro de no cometer ninguna equivocación, se dirigió a su compañero.

--- Mira esto Sean parece que tenemos un nuevo avistamiento. No creo a verlo visto antes.

--- Veamos Paul dijo su compañero, mirando atentamente al monitor y a las fotos que este le presentaba.

--- Normalmente este cuadrante está falto de estrellas y siempre lo había observado casi vacío.

--- Si, así es Paul. Debe ser algún bólido errante de esos que nos visitan a menudo. Pero este parece estar bastante lejos. Vamos a estudiar bien esto. Quizás hayas descubierto algo importante.

--- Veamos Sean. Observando fotos del mismo cuadrante en fechas anteriores esta área estaba muy solitaria. Esta estrella apareció de improviso.

--- Vamos a enfocar a James directamente al punto a ver que nos dice.

Fueron enfocando el objetivo del telescopio en dirección al objeto el cual apareció un poco más claro.

--- Analicemos esto un poco antes de darle aviso al Sr. Miller, nuestro jefe.

Procedieron a darle comandos al ordenador para ver qué tipo de objeto era el que tenían en las pantallas de los monitores. Efectivamente pudieron ver que era un enorme bólido errante que viajaba a gran distancia del sistema solar.

--- Si, no hay dudas Paul, es un asteroide lo que estamos viendo. Veamos su velocidad y dirección.

Nuevos comandos al ordenador. Al poco tiempo aparece una gráfica y unos números en pantalla. Los astrónomos procedieron a interpretar estos.

--- Distancia… veamos… 24, 883, 200, 000 kms.

--- Está muy lejos y debe de ser bastante grande para poder haber sido captado desde esa distancia.

--- Si, pero a James no se le escapa nada, veamos ahora su velocidad.

Nuevas órdenes y nuevos resultados aparecieron en pantalla

--- Velocidad… 80 kms/seg.   Ahora la dirección. Veamos… ¡Mira esto Sean viene hacia nosotros!

--- Si, parece que se acerca a nuestro sistema solar. Seamos más precisos. Vamos a trazar más a fondo su dirección.

Nuevos comandos al ordenador. Al poco rato se presenta un diagrama en las pantallas que pone al asteroide a pasar por el sistema solar y más precisamente impactando la Tierra.

Ambos astrónomos se miraron asombrados.

--- ¡Dios esto no puede ser!

--- Llamemos al Sr. Miller, pronto.

Sean Spencer descolgó el auricular del tel. que estaba junto a las pantallas de los ordenadores.

--- ¿Si? Se oyó una voz desde el otro lado.

--- Sr. Es preciso que venga pronto.

--- ¿Pasa algo?

--- Si Sr. Algo extraordinario.

--- Bien voy ahora.

--- Por favor Sr. Dese prisa.

Cinco minutos después el Sr. Miller, un hombre de unos sesenta años, delgado, alto y muy bien vestido se presentó junto a los astrónomos. Robert Miller era el jefe del centro de investigaciones del cual el laboratorio espacial James Webb era la pieza principal.

--- ¿Qué pasa amigos, y esas caras?

--- Algo terrible Sr. Hemos descubierto un asteroide que trae un rumbo de colisión con la Tierra.

--- Por Dios. ¿Están seguros?

--- Muy seguros Sr.

--- A ver, muéstrenme.

Y los dos astrónomos explicaron a su jefe paso por paso las operaciones que habían hecho con la imagen que apareció en las pantallas del ordenador y que los llevaron a la certeza de la trayectoria del bólido descubierto. Y a medida que le explicaban le mostraban la evidencia recopilada.

--- Dios esto es algo de qué preocuparnos – dijo el Sr. Miller.

--- Aun falta determinar su composición, tamaño y tiempo de llegada.

--- Procedamos para estar bien al tanto antes de dar la alarma.

De nuevo volvieron nuestros amigos a pedirle esta información al ordenador y los resultados fueron más aterradores al ver aquellos números.

--- ¡Pero este tamaño es monstruoso! ¡Es casi del tamaño de la luna! ¿Se fijan? Tiene un diámetro de casi dos terceras partes el tamaño de esta y está compuesto en su mayor parte de rocas, hierro y otros minerales. ¿Se imaginan si este monstruo choca con nuestro planeta? Lo destruirá completamente.

--- Esto es una pesadilla, no puede ser. Estamos equivocados.

--- Si una roca de 500 kms acabó con los dinosaurios imaginemos lo que hará este monstruo de 2,400 kms de diámetro

--- Y tardará a la velocidad a que se desplaza diez años en alcanzarnos.

Todos estaban en estado de shock. Nuestros amigos habían descubierto por casualidad un objeto de enorme tamaño que viajaba a gran velocidad por el cosmos con una dirección de colisión con la Tierra en un término de diez años. Para la Nasa y para cualquier agencia espacial en la Tierra es muy difícil descubrir estas rocas espaciales que viajan sin rumbo por el espacio. Esto se debe en gran parte por su color oscuro y por su tamaño.

--- ¿Qué hacemos? – preguntó Paul Morris

--- Primeros avisemos a nuestros superiores, el director de la Nasa está de visita en las facilidades. Voy a hablar con él y luego nos reuniremos todos. Estén a la espera.

El Sr. Miller salió del salón de controles y se dirigió a su oficina. Veinte minutos después los dos astrónomos fueron llamados a esta. Ambos prácticamente volaron hasta el lugar. Cuando llegaron encontraron allí a Robert Miller y al Sr. Deán Adams, el director de la Nasa en aquel histórico momento.

--- Siéntense amigos.

Ambos tomaron asiento junto a sus superiores. El director de la Nasa tomó la palabra luego de los saludos de rutina.

--- Bueno amigos, si en verdad lo que han descubierto se confirma, no hay duda de que estamos en verdaderos problemas. Robert, pondremos a todos nuestros científicos a investigar cuán grande es el peligro y entonces tomaremos las medidas necesarias para enfrentar el problema. Demás está decirles caballeros que este asunto no debe salir de estas paredes hasta que se decida con certeza lo que haremos. Ni siquiera sus familias deben saberlo.

--- Claro Sr. Entendemos que no se puede alarmar al público sin tener la certeza de cuan peligroso pueda ser Apocalipsis.

--- ¿Apocalipsis?

--- Si Sr. Ya le pusimos nombre.

--- ¡Ya veo, y que nombre! Si se confirma su trayectoria, será un nombre muy apropiado. Robert, quiero esta confirmación mañana a primera hora.

--- Así lo haremos Deán, mañana temprano estará confirmado.

--- Bien muchachos, hasta mañana entonces.

La reunión llegó a su fin y todos se retiraron a sus labores.

Pero la suerte estaba echada. Al otro día todos los ojos en la Nasa estaban dirigidos hasta aquel punto luminoso en el cielo que había sido avistado por el telescopio James Webb y después de realizar los mismos estudios que ya habían realizado nuestros amigos Sean y Paul el resultado fue el mismo. Un monstruoso asteroide se acercaba a nuestro sistema solar y dentro de diez años, chocaría con nuestro planeta causando la destrucción total de este. Tan pronto el director de la Nasa fue advertido de la certeza de este descubrimiento, procedió a rendir informes al presidente de la nación.

El presidente de los Estados Unidos en aquel momento se llamaba Alexander Fleming y en estos momentos estaba siendo informado por teleconferencia por el director de la Nasa Deán Adams. Junto a él estaban Robert Miller, Sean Spencer y Paul Morris. Al otro lado de la pantalla del monitor estaba el presidente y su grupo de asesores en seguridad. El presidente Adams, luego de los saludos formales, se dirigió al presidente Fleming.

--- Sr. presidente tenemos un asunto muy grave que informarle. Hace unas horas el Sr. Paul Morris y el Sr. Sean Spencer, aquí presentes y al frente de la operación del telescopio James Webb, realizaron un descubrimiento aterrador. Descubrieron un enorme asteroide que trae un rumbo de colisión con la Tierra el cual, si este evento se produce, provocará la extinción total de la humanidad.

El presidente Fleming se levantó de su asiento como impulsado por un resorte.

--- ¿Cómo dice, están seguros?

--- Absolutamente seguros Sr. presidente. Hemos hecho todas las pruebas necesarias y no hay la más mínima duda. El Sr. Robert Miller, jefe del área de investigaciones del telescopio James Webb le dará todos los detalles.

Robert Miller aseveró las palabras del presidente de la Nasa y acto seguido comenzó junto con sus colegas Sean y Paul a darle al presidente Fleming y a sus ayudantes toda la información que ya conocemos, tamaño, composición velocidad, dirección, distancia y por último, tiempo esperado del impacto.

---- Y finalmente Sr. presidente, aun con los adelantos tecnológicos que poseemos, estamos completamente a merced de este enorme asteroide.

El presidente y sus ayudantes estaban mudos por la sorpresa. Al fin, después de varios minutos de silencio, el presidente comentó.

--- Entonces tenemos diez años a partir de ahora, pues bien, tenemos que diseñar un plan para evacuar la Tierra si fuera necesario o para destruir a este asteroide si pudiéramos hacerlo. Deán reúnete con tus asesores y traten de tener por lo menos un plan A para lo más pronto posible. Yo mientras tanto me comunicaré con los gobernantes mundiales para informarles del asunto y proponer una reunión cumbre para lo más pronto posible. Este no es un asunto en el que los Estados Unidos deban estar solos si se trata de salvar a la humanidad.

--- Bien Sr.

--- Ah y otra cosa, señores, este asunto debe mantenerse por ahora en el más absoluto secreto, no podemos causar el pánico entre la población.

--- Estoy de acuerdo Sr. presidente.

--- Y la prensa no se debe enterar tampoco por ahora. Tenemos que tenerla alejada de nuestros planes hasta tener algo en concreto. En especial tu Robert, que tienes un sobrino periodista y siempre anda husmeando por la Nasa.

--- Claro Sr. descuide.

--- Bien pues a trabajar

La reunión se dio por terminada.

VII- La cumbre

Normalmente realizar una reunión cumbre entre los mandatarios mundiales es algo casi imposible por varias razones. Primero por lo cargada que esta la agenda de los diferentes jefes de estado. Luego por los pormenores de la seguridad de estos, después por la razón de la cumbre, etc. Sin embargo tan pronto los mandatarios del mundo se enteraron de la causa de la invitación a reunirse y recibieron las pruebas de la llegada de Apocalipsis, se pudo lograr esta en tiempo récord. En tan solo dos semanas se reunirían en el centro espacial John F. Kennedy en absoluto secreto. Esta reunión sería el día 7 de abril del 2028. Todos los mandatarios sabían por qué estarían allí ese día y todos tenían la esperanza de que en aquella reunión encontraran la forma de hacer frente a aquella amenaza de Apocalipsis. Todos venían acompañados de su más experto personal en cuestiones de seguridad. Esta fue una cuestión muy difícil de lograr por la gran vigilancia de la prensa en los países donde la prensa tenía libertad informativa.

Un día antes de la reunión los mandatarios fueron llegando a las facilidades del centro espacial John F. Kennedy ubicado en Merritt Island en completo anonimato. Ningún diario americano ni de ningún país se enteró de esta reunión. La población civil mundial no se debía enterar aun de la tragedia que le esperaba. Había que evitar al máximo la histeria colectiva.

Una vez reunidos todos en las amplias salas del salón de conferencias el presidente Fleming tomó la palabra.

--- Srs. mandatarios, como sé que ya están todos enterados del propósito de esta inesperada reunión quiero ir al grano de inmediato. Estamos siendo amenazados por un enemigo implacable contra el cual no tenemos la más mínima oportunidad de ofrecer resistencia. Hace dos semanas dos de nuestros astrónomos descubrieron un enorme asteroide que viaja en dirección de nuestro planeta y según los cálculos debe estar chocando con este dentro de diez años. También nuestros amigos rusos y chinos han podido verificar nuestro descubrimiento, al igual que la Agencia Espacial Europea y sus cálculos son cónsonos con los nuestros. De modo que ya nadie tiene la más mínima duda de que este acontecimiento se llevará a cabo dentro del tiempo previsto. Los siete mil millones de seres que pueblan la Tierra están destinados a perecer irremediablemente. La pregunta es si podremos evitar esta extinción masiva de nuestro planeta y si no, que podremos hacer para evitar esta extinción. ¿Alguien tiene una respuesta sensata?

Todos los presentes guardaron silencio por largo rato. Al fin el mandatario francés dijo tímidamente.

--- ¿Y no podemos destruirlo con nuestro poderío nuclear?

--- Según la información que tenemos sobre el tamaño y la composición de este fenómeno creo que ni con todo nuestro poderío nuclear podremos destruirlo. Este asteroide, que como ya deben saber fue bautizado con el nombre de Apocalipsis por sus descubridores, tiene un tamaño considerable. Con un diámetro de 2,440 kms es más grande que Plutón, casi del tamaño de la luna y la mitad del tamaño de Mercurio y tiene un denso núcleo de hierro. Estamos hablando de un planeta errante Srs. Es por eso que no tenemos ninguna posibilidad de destruirlo.

--- ¿Y qué tal tratar de desviarlo de su ruta? - preguntó el mandatario alemán.

--- Según nuestros científicos de la Nasa, es imposible. Aun no podemos desviar de su rumbo un asteroide de 500 kms imaginen uno del tamaño de Apocalipsis.

--- ¿Entonces estamos destinados a perecer? – Preguntó el mandatario de Inglaterra.

--- Tenemos una opción – dijo el presidente Fleming – si no de salvar a toda la humanidad, por lo menos a una pequeña parte de esta.

--- ¿Cuál, construir una estación espacial para mantener unos pocos en ella y luego, cuando las condiciones en el planeta se normalicen bajar de nuevo al planeta? - Dijo el mandatario ruso.

--- O quizás una colonia en Marte. Dijo el mandatario chino- sabemos que están tratando eso.

--- Ni lo uno ni lo otro –dijo el presidente Fleming- Nuestro encuentro con Apocalipsis será desastroso. La Tierra como planeta dejará de existir, se convertirá en polvo cósmico junto con Apocalipsis. Estamos hablando de algo mucho más grande.

--- ¿Que tan grande? – Dijo el mandatario ruso.

--- Srs. voy a dejar con ustedes al Sr. presidente de nuestra agencia espacial para que los ponga al tanto de los maravillosos descubrimientos que hemos logrado en materia de los viajes espaciales, pues él está mucho más capacitado que yo en esta materia. Hoy se van a enterar de algo que hemos mantenido en secreto durante varios años y que ya no vale la pena ocultar por más tiempo ya que va a salvar una gran parte de la humanidad y de perderse el planeta Tierra, también se perdería este gran descubrimiento que hemos realizado.

Todos los presentes se miraron con curiosidad. El presidente de la Nasa Dean Adams tomó la palabra.

--- Saludos a todos distinguidos invitados. Según les habló el presidente Fleming los voy a enterar de un descubrimiento sin precedentes que hemos logrado. Como saben, la Tierra está condenada a perecer, pero no así la humanidad, o por lo menos parte de ella. Hace unos cuantos años, en el 2011 para ser más exactos, en el observatorio de la Silla en Chile, fue descubierto un planeta que orbita la estrella Gliese 667C. A este planeta se le llamo Gliese 667Cc. Este planeta forma parte de un sistema solar de siete planetas que orbitan la estrella enana roja Gliese 667C. Es el segundo planeta orbitando esta estrella. Este planeta llamó rápidamente nuestra atención por estar dentro de la zona habitable de la estrella y por pensar que podría tener agua. En el 2021 pusimos en órbita el telescopio más sofisticado jamás puesto en órbita. Superaba en potencia visual por mucho a nuestro querido Hubble y se llama el telescopio espacial James Webb. Con este telescopio comenzamos a estudiar más detenidamente a Gliese 667Cc y nuestro descubrimiento fue fantástico. Debo decirles que este planeta se encuentra a 23.6 años luz de la Tierra en la constelación del escorpión. Forma parte de un sistema estelar triple. Pues bien, este planeta es una súper Tierra, posee atmósfera, tiene agua en grandes cantidades y una exuberante vegetación. Por esta razón supusimos que poseía vida, si no inteligente, por lo menos vida. Este planeta es mucho más joven que la

Tierra por lo que no ha tenido tiempo de evolucionar al mismo nivel de la Tierra y de poseer vida, esta sería muy primitiva.

--- Y cómo podríamos viajar a este planeta si fuera posible. Creo que está a una distancia inalcanzable por ahora. - dijo el presidente ruso.

--- Permítanme ir paso a paso. Vamos a conocer bien a Gliese 667Cc y luego hablamos de cómo ir a este. Contestó el presidente de la Nasa. Hoy estoy autorizado para hablar sinceramente con ustedes. Pues bien, el planeta Gliese tiene un tamaño de cuatro veces el tamaño de la Tierra y orbita dentro de la zona habitable de su estrella con un periodo orbital de 28.1 días alrededor de su sol. Se trata de un planeta rocoso, exactamente igual a la Tierra. El James Webb nos ha dado una amplia información sobre su composición. Sabemos que tiene una atmósfera exactamente igual a la de nuestro planeta y posee agua abundante. Por lo tanto estamos hablando de un planeta completamente habitable. Su temperatura ambiente es de unos 15 grados, lo que lo pone casi a la par con la Tierra. Solo se diferencia de nuestro planeta en que tiene una rotación síncrona, o sea, que siempre le da la misma cara a su sol según hace la luna con respecto a la Tierra y por lo tanto la mitad del planeta siempre está de día y la otra mitad de noche siendo caliente el lado diurno y excesivamente frio el lado nocturno. De todas maneras el lado diurno es completamente habitable, principalmente la zona llamada termidor que es la parte en que se acerca al lado nocturno y está en ambos lados opuestos del planeta.

El presidente Adams guardó silencio por un momento que aprovechó el mandatario ruso para preguntar

--- Ok, ya tenemos a donde ir. ¿Pero cómo? ¿Está muy lejos no?

El presidente Adams miró fijamente al mandatario ruso y le dijo.

--- Si, está muy lejos, pero nosotros lo podemos alcanzar en tres años.

--- ¿Cómo? ¿Acaso bromea usted?

--- Ahora viene la mejor parte de la historia. En el año 2006 basándonos en la teoría del físico mexicano Miguel Alcubierre sobre el empuje Warp, logramos el diseño y construcción del motor warp. Lo que hasta ahora era solo un sueño de ciencia ficción, nosotros logramos hacerlo realidad. Después de innumerables pruebas logramos construir y mejorar el famoso motor de empuje warp que nos permite viajar por el espacio a ocho veces la velocidad de la luz.

Un silencio total invadió por un instante aquella enorme sala. Los espectadores se miraban incrédulos. Aquello era algo extraordinario y ninguno lo podía creer. Los americanos eran ya capaces de viajar por el infinito a velocidades que superaban la velocidad de la luz. Nadie fue capaz de decir palabra. Todos estaban maravillados por aquella aseveración del presidente de la Nasa. Solo se oían en la sala murmullos de admiración. Al cabo de un rato este continuó

--- Como comprenderán detuvimos todos nuestros planes de enviar una tripulación a Marte, que hasta ese momento era nuestra prioridad. Ahora nuestra meta era llegar hasta Alpha Centauri, a cuatro años luz de nosotros. Pero con el descubrimiento de Gliese 667 Cc, nuestros planes cambiaron drásticamente. Ahora teníamos un planeta con atmósfera similar a la Tierra y con posible vida orgánica en este, que esperaba a ser visitado. Ya hacía varios años que estábamos en el diseño y construcción de una nave que pudiera ser impulsada por nuestro motor warp para viajar a Alpha Centauri. Esa nave fue terminada en el 2018 y justamente cuando ya teníamos programado el viaje a Alpha Centauri, pudimos corroborar la viabilidad de viajar hasta Gliese 667Cc. Sería un viaje más largo, pero más fructífero. La nave al respecto, lleva el nombre de U S Centauro y su tripulación estaba lista para partir. Organizamos una dotación de científicos especializados en todas las ramas de la ciencia biológica: zoólogos, botánicos, y juntos con astrónomos, arqueólogos, paleontólogos, ingenieros médicos y cientos de civiles, organizamos el viaje a Gliese 667 Cc

En el verano del 2023 y en completo secreto, esta nave partió hacia el nuevo planeta.

--- ¿Como, ya tienen gente en otro planeta?

--- Así es. Desde el año 2026 tenemos una población de cinco mil hombres y mujeres en nuestra primera colonia fuera de la Tierra.

--- Créame Sr. Adams, estos es algo muy difícil de creer. - dijo el presidente chino- Y además de palabras nos gustaría tener pruebas de que todo esto es cierto.

--- Seguramente amigo. Ya les dije que estoy autorizado por el presidente Fleming a informarles todo lo concerniente a este proyecto. Y para asegurar la veracidad de mis palabras, hemos preparado una conexión vía teleconferencia con nuestros colonos en Gliese 667 Cc

Estamos ahora mismo en conexión con ellos, los cuales estaban a la espera para compartir con ustedes también. Ahora los verán en esas pantallas de TV. El capitán Steven Adams estará a cargo para ponerles al día de las actividades en el planeta.

Dos amplias pantallas de tv a ambos lados de la sala se encendieron y los mandatarios pudieron ver al otro lado del universo a un grupo de personas que los saludaban cortésmente. El capitán de la nave Steven Adams luego de los saludos y presentaciones comenzó por explicar el desarrollo del viaje hasta llegar al planeta y luego a describir ampliamente a este.

--- Este planeta es una maravilla, una especie de paraíso. Tiene una bellísima vegetación muy parecida a la de la Tierra, montañas, ríos, lagos, cascadas, mares, hermosos valles y una abundante fauna. Debido a que el planeta es mucho más joven que la Tierra, su periodo evolutivo está un poco más retrasado que esta. Según los cálculos realizados por nuestros científicos el planeta, evolutivamente esta un millón de años retrasado del nuestro, aunque debería estar más retrasado. Se encuentra en la época que en la Tierra llamamos la era Cenozoica en el periodo cuaternario, época del pleistoceno. La flora y fauna de esa época era muy parecida a la actual en la Tierra. Solo un detalle y es que hemos notado hasta ahora la total falta de seres humanos a pesar de que existen muchas variedades de primates. Ya el planeta ha sido explorado en gran parte en la zona diurna. La zona oscura no es tan oscura como se pensaba, pues le llega gran parte de la luz de las otras dos estrellas que forman parte del triple sistema, o sea de Gliese 667 A y B, aunque por estar tan distante de este, su luz llega muy tenue y sin mucho calor, algo así como ocurre con las noches de luna llena en la Tierra. Esto lo hemos podido comprobar porque sobre volamos grandes extensiones de la parte oscura del planeta. En cuanto los recursos alimenticios del planeta estos parecen infinitos. Hay enormes cantidades de diferentes variedades de frutas y vegetales idénticos a las de la Tierra y los animales nos proveen de carne fresca en abundancia. El planeta es muy saludable y hasta el momento nadie se ha resentido por estar en él. Todos gozamos de perfecta salud. Los colonos se adaptan maravillosamente a su nuevo estado de vida. Se han formado ya cientos de parejas, las cuales han sido unidas en matrimonio y ya se han producido decenas de nacimientos de niños y niñas que han nacido en completo buen estado de salud por lo tanto ya la colonia ha aumentado considerablemente.

Hasta aquí llegó la información dada a los presentes los cuales estaban maravillados de lo que veían y oían. Todos se miraban aun sin creer que fuera cierto. Aquello era tan difícil de creer que aún no lo asimilaban. Entonces el presidente Fleming tomó la palabra.

--- Sr. capitán Adams vamos a informar sobre un suceso extraordinario que ha sucedido en los últimos días en la Tierra y que requiere el próximo regreso de la U S Centauro a la Tierra. En estos momentos nuestro planeta se encuentra amenazado por un mortal asteroide que chocará con este.

--- ¡Dios santo!

--- Las órdenes son que la dotación de colonos permanezca en el planeta y la nave regrese lo más pronto posible.

--- Muy bien Sr. ¿Pero cuan peligrosa es la amenaza a la Tierra?

--- Lamentablemente nuestro planeta será destruido totalmente en el año 2038. Solo tenemos diez años para sacar del planeta la mayor cantidad posible de gente y llevarlos al que será nuestro nuevo hogar.

--- Bien Sr. partiremos de inmediato. Debemos llegar para el 2031. Podemos regresar con varios miles de personas. Y quizás volver y traer a más personas en un último viaje.

--- Esperamos que podamos dar por lo menos otro viaje. Por el momento eso será todo capitán. Usted les informará a los colonos de los sucesos que le acabo de mencionar. Seguiremos en contacto.

Las pantallas se apagaron. El presidente Fleming se dirigió a los presentes.

VIII- Todos para uno

--- Y ahora Srs. les voy a proponer la única salida que tenemos a este problema. Ante la terrible tragedia que hoy nos amenaza, el pueblo de los Estados Unidos y todas las demás naciones del mundo dejan de ser países separados por mezquinas ansias de poder, por ser superiores unos sobre otros. Tenemos que ser un solo pueblo luchando contra un enemigo en común. Al desaparecer la Tierra, desaparece nuestro hogar en el universo. Ya tenemos la forma de evitar que la raza humana desparezca. Podemos llevar nuestra tecnología y nuestra sabiduría a otro planeta que nos brinda todas sus riquezas para vivir todos juntos en una sola familia. El Dios supremo nos da la oportunidad de volver a comenzar en un nuevo mundo y de ser verdaderamente todos hermanos. No nos salvaremos todos, pero podemos enviar a este planeta una representación de todos los habitantes y países de la Tierra y allí prosperar y crecer y ser dignos de esta oportunidad que nos ofrece el Todo Poderoso. En este momento pongo en manos de todas las naciones del mundo toda nuestra tecnología y conocimiento para construir naves que puedan llevar varios miles de ciudadanos de cada nación hasta el planeta Gliese 667 Cc y colonizar este en nombre de toda la humanidad. Es este nuestro deber para con todos ustedes. Tendrán toda nuestra tecnología y nuestra cooperación para fabricar las naves necesarias para llegar hasta nuestro nuevo hogar. Aún estamos a tiempo para fabricar estas naves si comenzamos de inmediato. ¿Están de acuerdo amigos?

--- Muchas gracias Sr. presidente. No esperábamos menos de usted – dijo el mandatario chino.

--- Recuerden que se trata de poblar un planeta que tiene todos los recursos para mantener una enorme cantidad de seres humanos. Toda la población de la Tierra cave cómodamente en este, pero lamentablemente no podemos llevar a todos. Será solo una pequeña cantidad, pero la suficiente para que con el tiempo la raza humana se desarrolle nuevamente fuerte y poderosa. Debemos dar prioridad a personas jóvenes y fuertes que se puedan procrear fácilmente. Personas saludables y llenas de vida que garanticen la fácil adaptación al nuevo estilo de vida que llevarán. También hay que dar prioridad a gente preparada en todas las profesiones para asegurar el pronto desarrollo de la colonia.

--- Claro, todo eso se debe tener en cuenta.

--- Tampoco debemos tener prejuicios contra ninguna raza en particular. Los más pudientes ayudaremos a los menos capacitados. Debemos construir la mayor cantidad de naves posibles para llevar la mayor cantidad de habitantes. Nuestra primera nave tomó cerca de siete años en ser fabricada. A partir de este momento estas naves deben estar listas para la partida no mas tarde del año 2037. Y por último, tenemos que guardar este proyecto en el más absoluto secreto para no causar alarma en la población que bien podría retrasar la construcción de las naves si entraran en pánico. También la selección del personal escogido debe de ser secreto y adiestrado para el viaje durante el desarrollo del proyecto y si es posible, aislarlo del resto de la población que se queda. Y ahora pidamos al Creador que nos de la sensatez y fortaleza para poder obrar con cordura durante el desarrollo de esta monumental obra que nos proponemos llevar a cabo. No tenemos espacio para el fracaso.

No tenemos plan B. Si fallamos, estamos perdidos. Todos ustedes deben cooperar para llevar a su realización este monumental proyecto para salvar a la humanidad de la extinción que provocará Apocalipsis.

Las palabras del presidente de la nación americana eran oídas con suma atención. Todos los allí presentes estaban conscientes de que la humanidad se encontraba entre la espada y la pared y la única solución era estar unidos en un solo frente. Tenían a su disposición la tecnología para viajar a un planeta que ya estaba colonizado por seres humanos y que estaba en condiciones de albergar gran cantidad de personas. Era solo cuestión de poner manos a la obra. Y el presidente americano terminó su discurso.

--- Suerte a todos Srs. y recuerden que de esta reunión cumbre en la que llegaron tantas naciones distintas, debe salir hoy un solo pueblo unido por la salvación de la humanidad.

---- ¡Siii! Gritaron todos.

En este momento todos los presentes se levantaron de sus asientos y otorgaron un fuerte aplauso al presidente Fleming y luego se abrazaron unos a otros con emotiva solidaridad.

Así pues la reunión cumbre llegó a su fin. A los pocos días los gobernantes partieron con sus comitivas a sus respectivos países. Llevaban en sus corazones un cúmulo de sentimientos encontrados al no tener una solución para salvar de la catástrofe a nuestro querido planeta Tierra y a la misma vez esperanzados en que al menos la existencia del ser humano estaba segura en otro lejano planeta. No había duda, abandonar la Tierra era la única solución. Había que comenzar la construcción de las naves rápidamente y poner en seguro la semilla de la nueva generación de seres humanos lejos de la terrible debacle que se avecinaba. ¡Qué desgracia para aquellos que se quedaban! Tantos miles de siglos de historia de la humanidad que serían borrados en solo unos instantes cuando Apocalipsis los embistiera furiosamente. Más de diez mil años desde que el hombre formó las primeras grandes civilizaciones. Desde la primera, Mesopotamia, pasando por los Fenicios, los Egipcios, Chinos, Griegos y Romanos, hasta las modernas civilizaciones del presente. Ni modo, así lo quería Dios. Demasiado tiempo estuvo dándonos la oportunidad y nunca la aceptamos. El hombre estaba corrompido desde el principio, tantas guerras, corrupción y podredumbre moral y social y nadie hacia nada por evitarlo. Y los que tímidamente trataban, no eran oídos. Pero ya pronto todo terminaría.

Sin embargo, Dios les dio la sabiduría a unos pocos para salvar la especie y llevarla a otros lugares donde podrían volver a empezar. Al igual que hiso con Noé, al cual puso al frente con su familia para continuar con la perpetuación de la especie, esta vez puso a toda una nación a cargo del bienestar de las generaciones del futuro. Quizás no todo estaba perdido. Volver a comenzar, olvidar las guerras y la degeneración moral y vivir todos en paz en la verdadera nueva tierra prometida.

Todos salieron de aquella reunión convencida de que debían hacer las cosas bien hechas si querían que parte de su pueblo fuera llevado a esta nueva tierra prometida. Llevaban en su poder los planos desarrollados por la Nasa para construir las naves que llevarían a su pueblo más allá de las estrellas. Había que apresurarse, estarían luchando contra el reloj. Estas naves debían estar listas dentro de siete u ocho años. Y entonces podrían surcar los cielos con su preciado cargamento humano y con toda la sabiduría acumulada durante siglos para hacer de Gliese 667 Cc su nuevo hogar. La humanidad unida en un solo propósito, el propósito de la naturaleza a través de los siglos, la preservación de la especie, no del individuo. El primer paso a seguir era mantener en absoluto secreto la construcción de estas naves. Esto sería verdaderamente difícil, pero no imposible. Los Estados Unidos, la nación con más libertad de prensa, lograron mantener en secreto durante años su descubrimiento y construyeron una nave que los llevó a colonizar un planeta a más de 23 años luz de la Tierra. Si la prensa y por ende la población se enteraba antes de la partida, podría cundir el pánico y terminar todo en un verdadero desastre y había que evitar esto a toda costa para el buen éxito de la empresa.

En poco tiempo en la mayoría de los países se comenzó con la construcción de las naves. El diseño de estas fue alterado para poder llevar una mayor cantidad de pasajeros. Había que prescindir de lujos y comodidades. Ya no eran necesarias las piscinas ni habitaciones lujosas y espaciosas. No se trataba de un viaje de vacaciones, se trataba de una huida desesperada para el salvamento de la humanidad. Solo se llevarían alimentos para el viaje de ida ya que al llegar tendrían a disposición los recursos del planeta, que eran interminables. Se llevarían también grandes cantidades de herramientas y vehículos para poder realizar las construcciones necesarias para la comodidad de los colonos.

Cada nave fue adaptada para llevar diez mil tripulantes, los cuales no estarían muy cómodos pero tampoco muy hacinados. No todos los países construirían la misma cantidad de naves. Esto sería de acuerdo a su población y recursos. Luego de llegar a unos acuerdos de colaboración entre unos y otros, estas serían la cantidad de naves a construirse.

En el continente americano

Estados Unidos… 7
Canadá… 3
México… 2
Brasil… 2
Argentina… 1
Paraguay… 1
Colombia… 1
América Central… 2
Chile y Perú… 1
Ecuador… 1
Venezuela… 1
Rep. Dominicana y Haití… 1
Cuba y Jamaica… 1

África… 5
Asia… 5
China… 8
India… 2
Rusia… 6
Australia y Nueva Zelandia… 2

Europa
Alemania… 2
Francia… 3
Italia… 1
Reino Unido… 3
El resto de Europa… 3

Gran total de naves… 64 naves

Siendo la capacidad total de estas naves de unos diez mil pasajeros estamos hablando de un total de 640,000 personas que estarían viajando hasta Gliese 667Cc dentro de los próximos ocho años. ¡Así les ayude Dios!

IX- Surge la primera ciudad

Volvamos a Gliese 667 Cc

Tan pronto el capitán de la U S Centauro recibió las imprevistas órdenes de regresar a la Tierra procedió a reunir a toda la colonia del planeta para ponerlos al tanto de las terribles noticias y las ordenes que acababa de recibir. Una vez que el trágico suceso fue referido a todos, procedió a dar las siguientes órdenes. La nave tenía que partir solo con el personal necesario para su manejo y operación. Los colonos y el personal de seguridad quedarían en el planeta. Debían organizar un gobierno e implantar las reglas de una sociedad completamente democrática. El personal de seguridad estaría a cargo de implementar las leyes que se legislaran bajo el nuevo gobierno además de organizar la construcción de unidades de vivienda para recibir a miles de nuevos colonos que estarían llegando dentro de los próximos diez años. Quisieran o no ese planeta iba a ser su nuevo hogar permanente ante la inminente destrucción de la Tierra.

Como la gran mayoría de los colonos eran solteros se aconsejó a todos formaran parejas y se unieran en familias con el fin de aumentar el tamaño de la colonia. Todo el ambiente del planeta se prestaba para el progreso de esta en todos los aspectos. Además ya se habían formado varias parejas durante el viaje y durante la corta estadía en el planeta. Cuando la nave estuvo lista para regresar a la Tierra el capitán recibió una petición formal para que auspiciara una boda inesperada. Uno de los astronautas, Martin Douglas solicitó permanecer en el planeta pues deseaba casarse con una de las biólogas del equipo, Eva O'hara, quienes ya llevaban un tiempo de novios. La petición fue aceptada sin ningún inconveniente, pues la nave se podía maniobrar perfectamente con un astronauta menos. La boda se llevó a cabo con una sencilla ceremonia y una vez realizada se despidieron unos de otros y la nave partió de regreso a la Tierra comandada por su capitán, los astronautas, mecánicos y algún personal de mantenimiento dejando a los colonos con el personal de seguridad en el planeta.

En el planeta quedaba la primera colonia de la Tierra en el universo. Cinco mil personas muy capacitadas para llevar a cabo todas las tareas necesarias para enfrentar todos los obstáculos que se presentaran para la conquista de este. La alegría por el éxito alcanzado con la conquista de aquel exótico planeta se veía empañada por el terrible suceso del cual se enteraron. Era algo lamentable. Si no podían llegar más personas a Gliese 667 Cc, ellos serian la única representación del ser humano en el universo, pero aunque todos estaban muy apenados por el suceso, tenían una labor que realizar y esta era preparar al planeta para recibir más colonos. Todos lamentaban por sus familias el que sería el destino final de la Tierra aunque no perdían las esperanzas de que al final no pasara nada de lo pronosticado. Tantas veces se anunciaba el paso de estos visitantes por las cercanías de la Tierra y siempre pasaban más o menos lejos sin causar daño alguno.

Siguiendo las instrucciones dadas decidieron nombrar un gobierno para la colonia lo más democráticamente posible. Se nombraron tres candidatos para el cargo de gobernador de la colonia y en un tiempo fijado se realizaría la elección de este por medio del voto de los colonos y mientras, los nominados harían sus campañas para presentar su programa de gobierno y así ganar la confianza de estos.

Las tareas de la colonia siguieron su rutina. El personal de seguridad continúo levantando viviendas para todos. Tenían las manos llenas por muchos años. Había que construir una cantidad enorme de viviendas para recibir una gran cantidad de colonos dentro de unos diez años. Y el trabajo era arduo. Hasta el momento la materia prima provenía de la madera de los árboles de los bosques del planeta y estos eran inagotables. Los bosques eran enormes y la madera que obtenían de muy buena calidad. El clima era muy benigno y no sufrían calores excesivos. La alimentación de la colonia era muy buena siendo las proteínas y las grasas suplidas por las aves, peces y animales del planeta y las vitaminas, minerales y carbohidratos por las frutas y vegetales que la naturaleza ponía en sus manos. Solo había que ir al campo y recogerlas. Aquel planeta era muy fértil y por doquiera se respiraba paz y tranquilidad.

Los científicos seguían realizando estudios de todo el planeta para tener una mejor comprensión de este. El planeta como tal tenía una inclinación sobre su eje casi similar a la Tierra, unos 20 grados, y la parte central de este, su ecuador, era sumamente calurosa y árida y mucho más teniendo en cuenta que los días eran eternos. También, debido a la rapidez con que el planeta orbitaba su sol, las estaciones primavera, invierno, otoño y verano no existían ya que además la órbita del planeta no era elíptica, sino más bien casi circular. Las temperaturas en sus polos tampoco eran muy frías en la parte del día eterno. Las zonas termidor del planeta eran completamente habitables con temperaturas muy moderadas. Claro, estas aumentaban a medida que se acercaban al medio día del planeta.

Siendo el planeta de un tamaño cuatro veces superior a la Tierra, aunque solo era habitable en las zonas termidor de este, podía albergar mucha más población de la que tenía la Tierra al presente. También, como ya había dicho anteriormente, la zona oscura del planeta no era tan oscura, pues los otros dos soles del triple sistema mantenían una tenue claridad como las noches de luna llena en la Tierra ya que además de ser pequeños estaban muy lejos y esta parte seguía siendo muy fría. Esto eran conjeturas de los científicos pues la parte oscura del planeta apenas se había explorado hasta unos cientos de millas más allá de la zona termidor donde la luz del sol iba disminuyendo hasta llegar a la noche eterna. Cabe también mencionar que la zona termidor donde los colonos se habían establecido era la única de las dos zonas exploradas y la llamaron zona A la cual estaba ubicada en el lado este del planeta. En este sector estaba ubicada la Nueva América. La zona B estaba ubicada al lado oeste y no se había explorado aun porque era muy arriesgado viajar a esta por dos razones. Si viajaban por la zona oscura, tenían que atravesar una región del planeta que aunque posiblemente estaba deshabitada, no dejaba de ser peligrosa en caso de un accidente, pudiendo ser mortal para los exploradores. Si viajaban por la zona diurna también era muy peligroso ya que tendrían que pasar por las zonas más áridas y calurosas siendo también muy peligroso en caso de un accidente. Por el momento era mejor dedicarse a habilitar la zona A para el establecimiento de los futuros nuevos colonos cuando estos fueran llegando en el próximo viaje de la nave. Ya tendrían luego tiempo suficiente explorar todo el planeta.

Cuando la nave regresara con los nuevos colonos y estos se establecieran en la zona A del planeta, podrían usar esta para viajar hasta la zona B y explorarla para tener una idea exacta de cual era verdaderamente el área habitable de que podrían disponer y las probabilidades de prosperidad de la colonia. Mientras tanto seguirían desarrollando la zona A para poder seguir recibiendo los futuros colonos.

El nuevo matrimonio se estableció en una bonita cabaña donde estaban muy cómodos. Tenían todas las facilidades necesarias para llevar una vida sin muchas dificultades. Poco a poco otras parejas se fueron formando y al poco tiempo ya había una verdadera ciudad a la cual llamaron ciudad Edén, la cual, con el tiempo se convertiría en la capital de la creciente colonia.

Llegó el día en que se elegiría al primer gobernador de la colonia. Todos los colonos fueron convocados y reunidos libre y secretamente escogieron al Sr. Paul Scott como gobernador. Una vez nombrado este eligió tres ayudantes para dirigir los destinos de la colonia. Al partir la nave de regreso a la Tierra como ya se había establecido, la colonia se dedicaría al trabajo en equipo para preparar la zona A para la llegada de los nuevos colonos. Cabe mencionar que el gobernador Paul Scott mantenía contacto con la nave y con la Tierra desde donde recibía las noticias e instrucciones necesarias. Pronto se enteró del proyecto de la construcción de las 64 naves y la posible llegada en diez años de seiscientos cuarenta mil refugiados al planeta.

Ante esta eventualidad, se cambiaron los diseños de la nueva gran ciudad, la cual sería ya una verdadera obra de ingeniería. Al tener que habilitar viviendas para tantos habitantes el trabajo se triplicaba. Había que diseñar un sistema purificador de alcantarillado y agua potable pues la contaminación en el planeta sería enorme.

El suministro de agua potable estaba garantizado por la aguas del lago de la tranquilidad tanto para el consumo humano como para las descargas sanitarias. Tenían aquel hermoso y enorme lago y además pudieron detectar varios ríos que nacían en las montañas y descargaban sus aguas en el lago unos y otros en el mar. Para estos menesteres se comenzó prontamente la construcción del primer acueducto en sus cercanías y un sistema de alcantarillado con su planta sanitaria. También se comenzó la construcción de una planta de energía eléctrica en un área cercana, pero bastante retirada de la ciudad la cual se localizó en el área desértica y muy alumbrada del planeta. Esta planta seria a base de placas solares la cual no causaba ningún tipo de contaminación ya que hasta ahora no habían encontrado ningún tipo de depósitos de combustibles fósiles en el planeta. Todo con la idea de mantener el planeta lo más libre de contaminantes posibles. Todos los colonos trabajaban incansablemente y habían sido destinados en grupo a las distintas construcciones que se iban realizando.

Construir una ciudad desde cero no era algo de lo que los colonos no tuvieran conocimiento. En la Tierra se habían construido varias: Brasilia, Camberra, Chandigarh, Ottawa y Nueva Delhi entre otras. Naturalmente, el propósito no era construir una Smart City como estas, pero si tener todas las facilidades necesarias para sostener una población que prontamente alcanzaría casi un millón de habitantes.

Nuestros colonos estaban en un planeta virgen con todas las condiciones para desarrollar una floreciente civilización en poco tiempo teniendo en cuenta que debían convivir en paz y armonía con la naturaleza de este. Aquella magnifica flora y fauna del planeta era el mejor recurso para asegurar su existencia y había que saber protegerla. Todos estaban conscientes de esto. Tenían el ejemplo de cómo habían abusado de los recursos naturales de la Tierra hasta casi agotarlos. Esperaban que esto no sucediera con aquel hermoso planeta.

Todo el personal de la colonia realizaba sus deberes en armonía unos con otros y rápidamente comenzó a verse el desarrollo de la bonita ciudad con viviendas, escuelas, comercios e iglesias. Los colonos que formaban familia se dedicaban a desarrollar parcelas de terreno para la crianza de ganado y para la agricultura. El terreno era de una fertilidad asombrosa y las siembras se desarrollaban exitosamente. Las lluvias eran frecuentes y abundantes, contribuyendo al desarrollo de la floreciente agricultura.

Otro grupo de colonos se dedicó a la exploración de las cercanías de la colonia con el fin de determinar hasta donde debería llegar el desarrollo de esta. El valle era extenso, pero había que explorar más allá para conocer a cabalidad el territorio y sus alrededores. La parte del planeta que se adentraba en la zona oscura causaba mucha curiosidad en los colonos y en una ocasión una partida de cinco colonos compuesta del arqueólogo Mario Silvetti, el biólogo Austin Holden y tres soldados fueron destinados a realizar una exploración de esta zona, pero sin alejarse más de quince o veinte millas de la ubicación de la colonia.

Este grupo de cinco personas, equipado apropiadamente con vestimenta de invierno y suficientes provisiones para una semana, salió en su viaje de exploración a pie. Se trataba de una caminata para observar el contorno y palpar la solides del terreno y los posibles peligros que podrían enfrentar si tuvieran que expandir el desarrollo de la colonia en estos parajes en el futuro. Llevaban equipos de comunicación y armas para la posible defensa.

El viaje comenzó sin tropiezos y prontamente se fueron adentrando en parajes más oscuros, aunque la oscuridad no era total. Era como una ligera penumbra. El cielo estaba poblado de estrellas y se podían observar dos objetos luminosos del tamaño de una naranja que probablemente eran las estrellas Gliese 667 A y B que dejaban pasar una luz muy tenue y sin apenas calor. Según se adentraban en la zona oscura pudieron notar como la vegetación se iba haciendo cada vez más escasa y llegó el momento en que el suelo solo estaba cubierto por un suave y delicado musgo aunque el suelo seguía siendo firme y sólido, la presencia de seres vivos era completamente nula.

----Definitivamente la parte oscura del planeta es completamente inhabitable dijo Mario Silvetti.

----Si aunque debe haber muchos micros organismos entre la humedad del musgo—expresó Austin Holden.

----Claro, pero no creo que esta parte del planeta pueda ser habitada por la colonia.

----Estoy de acuerdo contigo. Creo que debemos regresar. Sería más conveniente explorar la zona caliente y ver hasta donde sería posible la vida en esta.

---- ¿Sabes que también he pensado que si sobrevolamos la zona termidor hacia el norte o el sur podremos llegar sin inconvenientes a la otra zona termidor del planeta?

----Si es muy probable si no hay algún océano que no nos permita llegar al otro lado del planeta por el momento.

----Bueno regresemos y rindamos un informe sobre nuestras observaciones al Sr. gobernador.

----Bien vamos.

Y los dos científicos junto con sus tres compañeros regresaron a la Nueva América.

X- Se descubre apocalipsis

A finales del año 2028 salió la nave de Gliese 667Cc con rumbo a la Tierra donde eran ya esperados con ansiedad para llevar más colonos y material para continuar las construcciones que se estarían realizando continuamente para albergar a aquella enorme población que se esperaba llegaría dentro de varios años. Este segundo viaje de regreso a la Tierra se realizó sin problema y en el año 2031 llegaban a la Tierra. El proceso de carga se efectuó rápidamente, la nueva tripulación de colonos estaba lista y dos meses después en agosto del 2031 partía la nave nuevamente a Gliese 667 Cc con más de ocho mil nuevos colonos. Se esperaba que llegara a Gliese para el año 2034. Aun tendrían tiempo para un tercer viaje a Gliese con otros ocho mil refugiados en que podrían salir en 2037, quizás con todas las naves que partirían finalmente. Y si la operación de abandonar la Tierra fallara, al menos se habrían logrado enviar sobre trece mil almas al prometedor planeta.

En los Estados Unidos todo transcurría de forma normal. La construcción de las naves se realizaba de forma acelerada. En los talleres pululaban sobre treinta mil trabajadores que poco a poco iban dando forma a las naves siguiendo paso a paso las instrucciones que les daban los ingenieros de la Nasa.

En todo el mundo las obras también se realizaban aceleradamente por miles de obreros que trabajaban afanosamente. Tanto en los Estados Unidos como en el resto del mundo los gobiernos habían instalado a los obreros con sus familias en las cercanías de las áreas de trabajo para que no pudieran ser entrevistados por personas ajenas al proyecto que se estaba llevando a cabo. Estos obreros con sus familias vivían en hoteles que se habían habilitado lo más cerca posible y, naturalmente, no podían salir fuera del área ni recibir visitas. Para ser empleados en las labores habían firmado contratos aceptando estas condiciones de empleo.

Pero algo raro había sucedido en el mundo entero que causaba curiosidad en la prensa mundial y era la carencia de noticias de gran importancia. Y esto, desde que años atrás se llevó a cabo la reunión cumbre, en la que precisamente la prensa estuvo excluida. Desde ese momento, en el mundo entero se gozaba de una tranquilidad sin precedentes. Los países ya no reñían unos con otros. Había una camarería muy estrecha entre todos y esto era algo inusual en un planeta que nunca gozaba de una paz absoluta. No era posible que en aquella reunión cumbre, en tan pocas horas, todos los países hubieran limado asperezas. ¿Qué estaba pasando en realidad? ¿Por qué tanta calma a nivel mundial? Naturalmente, si la prensa se enterara de cuál era el problema que enfrentaban todos los países, entonces sí que se acabaría esta paz tan bienhechora que se había adueñado del mundo entero.

Por un lado esto era bueno, pero por otro lado era muy raro y los periódicos indagaban. Y de qué manera.

Pero los gobiernos permanecían mudos. En muchos casos y en gran parte de los países, la prensa no era bien recibida siendo muchas veces expulsada de las oficinas a las que ingresaban en busca de respuestas. Aun en los Estados Unidos se notaba cierta aversión a los periodistas cuando abordaban el tema. En todos los demás aspectos noticiosos no había ningún problema. Ocurrían siempre los mismos problemas de todos los países, crímenes, robos, drogadicción, etc. Pero en algún momento alguien dejaría escapar algo que abriera la caja de pandora y la prensa se podría enterar. Mientras tanto las naves se seguían construyendo aceleradamente a nivel mundial, aunque unos países avanzaban más que otros, pero en la gran mayoría el plan estaba al día en todos los aspectos.

Sam Miller era un joven periodista que trabajaba para uno de los periódicos más populares de Baltimore, hermosa ciudad del estado de Maryland A pesar de su juventud Sam Miller era un periodista muy sagaz y tenía esa peculiar cualidad de los buenos periodistas, podía "oler" las noticias importantes donde quiera que esta estuviera. Tenía alrededor de treinta años y aún permanecía soltero. Además era el sobrino predilecto de Robert Miller jefe a cargo del área de investigaciones y descubrimientos del potente telescopio James Webb y de Martha Miller, esposa de este.

Sam era considerado como un hijo para los Miller, que solo tenían una hija, la hermosa pelirroja llamada Elena y entraba y salía de la casa como un hijo más. Tenía un verdadero afecto por sus tíos y su tío Robert colaboraba ampliamente con él en lo referente a los descubrimientos que día a día se llevaban a cabo por el gran telescopio. Pero desde hacía varios años, desde el año 2028 en particular, Sam había notado un cambio radical en su tío el cual ya no era tan locuaz en cuanto a las noticias se refería. Y aunque indagaba con su tío, este permanecía hermético. Solo le dejaba noticias de poca monta. Nunca Sam llegó a saber nada sobre el revolucionario descubrimiento del motor Warp y de los viajes de prueba de la nave U.S Centauro y mucho menos, de la colonización de Gliese 667 Cc, aunque sí llegó a conocer sobre el descubrimiento del planeta, no así que ya se podía llegar a este.

Sam Miller ocupaba un departamento en el área céntrica de Baltimore donde vivía solo. En este momento estaba analizando cierta información para llevarla a su periódico cuando recibió una llamada en su teléfono celular.

---- ¿Cómo esta querida tía? Respondió al ver que era su tía Martha la que llamaba.

---- Bien mi querido Sam, te llamaba para acordarte que este fin de semana es la boda de tu prima Elena y sabes que tienes que estar presente.

---- Claro tía sabes que no puedo faltar. Me gustan mucho las bodas y esta en especial pues se casa mi querida prima Elenita.

---- Si, y a ver si entre las lindas chicas que vendrán a la boda encuentras la chica ideal para ti.

---- Veremos tía, pero eso lo dudo ya sabes que soy muy exigente para eso. Y recuerda lo que te dije al respecto.

---- Si, que la chica de tus sueños no es de este planeta y que cuando aparezca en tu vida y se casen, pasaran su luna de miel de verdad en la luna.

---- Correcto tía. Tienes buena memoria.

---- Pamplinas, es solo una forma para no querer darme nietos mal sobrino. Siempre creí que te casarías con Elenita y ya ves, se cansó de esperar.

---- No tía sabes que adoro a Elenita, pero como a mi hermana.

---- Si, lo sé, pero de todas maneras ya es hora de que pienses en casarte tú también hijo.

---- Veremos tía a lo mejor ya salió de su planeta y viene a por mi

---- No digas eso. Ya verás que un día de estos se aparece esa chica ideal y entonces…

---- Entonces te prometo que me casaré tía, te lo prometo.

---- Ojalá sea pronto hijo, pero ya sabes, temprano en casa el sábado.

---- Bien tía nos veremos el sábado. Cuídate, te quiero, muchos saludos a Elenita y al tío Robert. Adiós.

---- Ese es otro que me tiene preocupada hijo. Desde hace un tiempo lo noto muy preocupado y silencioso. Es como si tuviera un problema o un secreto que no me quiere decir. Por más que le pregunto, siempre me cambia de tema.

---- Pero está bien de salud supongo.

---- Si, muy saludable, es solo en su forma de ser que ha cambiado mucho. Debe de ser exceso de trabajo.

---- De todas formas hablaré con él en la boda.

---- Bien sobrino hasta el sábado entonces.

---- Adiós tía.

Sam puso su celular sobre una mesa que estaba a su lado y volvió a su tarea. No había comenzado aun cuando volvió a sonar su teléfono. Lo tomó nuevamente y esta vez se sorprendió un poco al ver en la pantalla el nombre de uno de sus mejores amigos del cual no sabía hacia bastante tiempo.

----Que sorpresa Harry. ¿Cómo estás?

----Hola Sam, ¿Estas libre esta noche?

---- Si claro.

----Necesito verte. Es algo muy importante y tienes que venir a casa esta noche.

---- ¿Pasa algo malo Harry?

----La verdad no lo sé Sam

---- ¿Cómo es eso que no lo sabes?

----Sí, no lo sé, pero es muy importante comunicártelo y después ver que haremos. A lo mejor tienes la noticia del siglo en tus manos.

---- ¿Cómo es eso Harry? Ya me tienes intrigado.

----Esto no te lo puedo decir por teléfono, pero te aseguro que te va a impactar mucho. Te espero en la noche. ¿Vale?

---- Vale. ¿A qué hora quieres que llegue?

---- ¿Te parece a las ocho?

---- Bien estaré a las ocho sin falta.

----Gracias Sam, te espero. Sé que te vas a quedar asombrado.

---- No veo la hora de llegar Harry. Me tienes muy intrigado con tanto misterio. Nos vemos entonces ah y salúdame a Mari, tu esposa.

----Claro Sam, hasta la noche entonces.

Sam volvió a sus labores pero esta vez no pudo continuar. Miró su reloj. Eran apenas las dos de la tarde. Sintió deseos de salir para relajarse un poco y salió en su automóvil a dar una vuelta por el puerto de Baltimore.

Harry Méndez, era su amigo desde mucho tiempo, de la época de la universidad. Era un hijo de madre texana y de padre puertorriqueño, tenía treinta y cuatro años y era un aficionado a la astronomía además de profesor en una escuela intermedia en la zona rural de Baltimore donde ensenaba ciencias a sus estudiantes. Era un tipo muy querido en su comunidad. Estaba casado con una chica llamada Mary con la que tenía dos niños. Sam se preguntaba para que lo quisiera ver su amigo y estaba deseoso de ir a su casa y compartir algunas copas en la vida hogareña de este. Sam era un hombre solitario y a veces se preguntaba cómo sería tener una esposa e hijos. Ya estaba pensando seriamente en el matrimonio, a pesar de lo que le decía a su tía Martha.

Sam Miller era un hombre alto atlético y bien parecido, tipo agente secreto y sentía una gran pasión por el cine siendo las películas del agente secreto James Bond sus favoritas. No tenía problemas con las mujeres. Estas lo buscaban continuamente, pero él no se enamoraba. Por eso no se había casado aún y siempre estaba buscando la chica que cautivara sus sentimientos para formar un hogar y tener los hijos que tanto anhelaba. Hasta el vodka Martini agitado, no revuelto y el champán eran sus bebidas favoritas aunque claro, no las tomaba con el mismo desenfreno del agente secreto con licencia para matar al que tanto admiraba James Bond, si no, moderadamente. Solo en alguna que otra fiesta y en ocasiones especiales.

Luego de un par de horas de distracción por la hermosa bahía regresó a su solitario hogar y tomó una siesta. Se sentía un poco cansado. Durmió par de horas. A las siete y treinta de la noche Sam Miller llegó a la residencia de su amigo.

---- Buenas noches, Harry. Perdona que me haya adelantado un poco, pero es que estaba deseoso de saber que me tienes que decir.

----Buenas noches, Sam, Gracias por venir. Ya te estaba esperando- le dijo su amigo estrechando su mano. ¿Un trago?

----Vodka Martini –dijo Sam en tono de broma

---- ¿Mary, por favor, quieres prepararle un trago a nuestro amigo Sam?

---- Claro Harry. Hola Sam

---- ¿Hola Mari como estas? ¿Y los niños?

----Muy bien Sam Viendo tele en su cuarto.

Mari preparó el trago de Sam y trajo también una cerveza a Harry. Ambos se sentaron en la pequeña sala de estar y luego de alguna charla preliminar, fueron al grano.

---- Sam, ya sabes que mi pasatiempo favorito es mirar el cielo con mi equipo de astronomía para aficionados.

----Si Harry no me digas que de eso se trata todo.

----Si Sam, acabo de hacer un descubrimiento que me da mucho que pensar.

----No me digas ¿Y qué has descubierto?

----Sam desde hace varios días acabo de descubrir un bólido celeste que se está acercando a nuestro sistema solar. Y la verdad es que no sé cómo la Nasa no lo ha informado pues ellos lo tienen que haber descubierto hace tiempo.

---- ¿Estás seguro Harry?

---- Si Sam, estoy seguro y debe de ser muy grande cuando yo lo he podido ver con mi equipo de aficionado.

----Pues tenemos que informarlo a la Nasa para que tengas el privilegio de ser su descubridor. Debe de haber cientos de miles de aficionados que también podrían verlo y se te pueden adelantar.

----Sam es que no se trata solo de eso, hay algo más.

---- ¿Algo más? ¿De qué se trata?

---- Veras Sam mi equipo es bastante sofisticado y estuve haciendo observaciones y cálculos. Ese bólido nos impactará pronto.

---- ¿Estás seguro? ¿No te equivocas?

---- No Sam creo que no me equivoco. Sabes que soy maestro de ciencias y mi pasión es la astronomía y siempre me paso estudiando el infinito con mi equipo en mis horas libres y en las noches en especial.

Sam Miller estuvo cavilando un rato. Y de momento una idea se vino a su mente.

----Por Dios Harry, si, puede ser verdad. Y la Nasa lo sabe. Mi tío lo sabe. Por eso su cambio radical. Mi tía Martha me llamó y me lo dijo. Que notaba desde hace tiempo que mi tío Robert estaba muy preocupado y apenas hablaba y se pasa demasiado de tiempo en su trabajo. Lo saben. Estamos bajo una posible amenaza y no quieren decirlo posiblemente para no crear pánico en la población. Posiblemente nos enfrentamos a una posible extinción de la civilización.

---- Espera Sam no es para tanto. A lo mejor ya han podido encontrar la forma de evitar la catástrofe. A lo mejor yo me equivoco y...

----No Harry. ¡Ahora me explico porque esta falta de dialogo con la prensa! Para que no indaguemos. ¡Ya veo por qué mi tío no esta tan comunicativo conmigo, con su sobrino! No quieren que la prensa lo sepa.

----Pues es posible que esté pasando algo Sam Y nos lo están ocultando.

----Si Harry, ahora caigo ¿Recuerdas que hace casi cinco años hubo una reunión cumbre en la Nasa en la cual no se permitió la entrada de la prensa? Era eso, lo habían descubierto. Vamos a enfrentarnos dentro de poco a la destrucción de la humanidad y todos los gobiernos lo saben. Por eso hay tanta paz en el mundo desde hace cinco años. Ya no hay razón para eso. Nadie quedará vivo Harry.

----Bueno Sam pregúntale a tu tío. Si le dices lo que sabes, él no te lo podrá negar, recuerda que eres periodista y lo podrías informar.

----Si, hablaremos con él. El sábado próximo se casa Elenita, mi prima y la hija de mis tíos y él estará en la boda. Tú irás conmigo a la boda y lo abordaremos luego de la ceremonia.

----Bien Sam tu tío no podrá negar nada. Si algo malo pasara nos lo tendrá que confirmar.

---- Mientras tanto, no hables de esto con nadie. Tenemos que estar seguros no sea que se alarme la población y luego resulte que solo sean locuras nuestras. Y ahora Harry, tengo que irme para poner en orden mis pensamientos. Esta situación merece ser estudiada a fondo.

----Bueno Sam pues nos vemos el sábado en la boda de Elena y quiera Dios que no sea nada grave y todo sea un malentendido.

----Pues hasta el sábado Harry. Vendré por ustedes.

Y Sam regresó a su apartamento. Llevaba su cabeza llena de malos presentimientos. Algo dentro de sí le decía que todo cuanto había supuesto era verdad. Por algo era periodista y de los buenos. Una vez en su habitación se dejó caer en la cama sin desvestirse. Estaba sumamente cansado física y mentalmente. El día había sido agotador. Se durmió luego de dar vueltas y más vueltas en su cama.

Serian alrededor de las dos de la madrugada cundo una terrible explosión lo despertó repentinamente. Sintió un calor insoportable la habitación en que se encontraba comenzó a derrumbarse. ¿Qué estaba pasando? Dio un salto de su cama y como un loco salió al exterior. Ya había mucha gente en la calle gritando aterrorizadas. Todo era un caos de destrucción. Vivía cerca de la costa y le pareció ver que el mar se evaporaba rápidamente. Entonces vio una enorme bola de fuego que se acercaba hasta él. Levantó sus brazos hasta su cara para protegerse. Sintió como su cuerpo se convertía en una antorcha humana y gritó. Gritó tan fuertemente que despertó de su terrible pesadilla. Estaba completamente bañado de sudor. Miró a su alrededor. Estaba en su cama. Miró su reloj. Eran las dos de la mañana. Se levantó temblando aun por la emoción y lo real que había sido su pesadilla. Fue hasta el baño y tomó una ducha. Luego, más calmado y consciente de que todo había sido producto de su imaginación trató de volverse a dormir, pero ante la imposibilidad de hacerlo se sentó frente a su computadora y se puso a navegar por el internet buscando las posibles consecuencias de un choque con un asteroide gigante. Después de un rato le dio sueño y volvió a su cama.

XI- Explicaciones

Al otro día era jueves. Cuando Sam se despertó eran ya las nueve de la mañana. Se levantó, tomó un baño y desayunó algo frugal. Luego llamó a su tía Martha.

----Hola tía soy yo ¿Esta el tío Robert?

----No Sam, se levantó muy temprano y se fue al trabajo. Me dijo que hay demasiado trabajo.

----Bien tía pues entonces hablaré con él el sábado en la boda. Oye tía tengo una pareja de amigos que son esposos y anoche estuve con ellos y se me ocurrió invitarlos a la boda. Son muy amigos, tú los conoces son Harry y Mary ¿Los recuerdas?

----Claro Sam me acuerdo de ellos. Son muy simpáticos y si son tus amigos estaremos muy contentos de que vengan. Y ya sabes, la boda será a las tres de la tarde. Así que los esperamos a todos.

----Si tía llegaremos a tiempo para la ceremonia.

----Pues hasta el sábado Sam

----Adiós tía nos veremos.

Sam volvió a centrarse en sus pensamientos. Mientras tanto, en los confines de universo, aquel terrible y gigantesco asteroide llamado Apocalipsis continuaba su fatídico rumbo en dirección a la Tierra. Dentro de cinco años sería el terrible encuentro en que la Tierra dejaría de existir destruyendo consigo a más de siete billones de seres humanos. Seres que ahora mismo seguían con sus vidas ignorantes de la tragedia que se avecinaba.

Llegó el sábado por fin. El día en que Elena, la prima de Sam, se casaría y todos en casa de Robert Miller estaban llenos de gozo y alegría. Todos menos el Sr. Miller que seguía con su inexplicable comportamiento. Pero ese día nadie se fijaba en este. Todas las miradas y los halagos se centraban en la linda Elenita. Y en verdad no era para menos Elena lucia encantadora vestida de novia.

Sam y sus amigos llegaron puntuales y rápidamente se mesclaron en el bullicio de los presentes. En un aparte Sam se acercó a su tío junto con su amigo Harry. Mary estaba junto con el resto de las chicas que no perdían un minuto para ver y abrazar a la novia.

----Hola tío, ¿recuerdas a Harry?

----Claro Sam ¿Cómo te va Harry? ¿Todo bien?

---- Si Sr. Miller todo está muy bien.

---- ¿Y esos estudiantes se portan bien?

---- Si tengo unos muy buenos estudiantes que les apasionan las ciencias.

---- Que bueno Harry. Vamos a ver cuántos buenos científicos logramos desarrollar de ese grupo.

----Tío, Harry y yo necesitamos hablar de algo muy importante contigo cuando termine la boda.

----Seguro Sam nos reuniremos tan pronto pase la boda y los novios se marchen.

----Gracias tío. ¿Y cómo va todo en la Nasa? Creo que trabajas demasiado, ya casi ni te veo.

---- Si Sam tenemos mucho trabajo ya sabes, muchas investigaciones en curso. Pero disfruten de la boda y luego podemos hablar con calma en mi despacho.

---- Claro tío, vamos a felicitar a Elenita antes de que se nos case.

---- Bien Sam

----Hasta luego Sr. Miller dijo Harry.

Los amigos se mesclaron en el jolgorio de la fiesta, comieron y bebieron de lo lindo. Los novios se casaron y se llevaron a cabo todas las ceremonias que normalmente se realizan es estas cerebraciones. Y luego de varias horas que a Sam y Harry le parecieron interminables, los novios partieron a su viaje de luna de miel. Por fin llegaba la hora de la reunión con el Sr. Miller. Aunque los novios se habían marchado, la fiesta continuaba, pero a Sam y Harry esta no llamaba mucho la atención. Así que en pocos minutos estuvieron con el Sr. Miller en su despacho sentados frente a una mesa. Al otro lado de la mesa, el Sr. Miller los miraba curioso.

---- ¿Y bien qué es eso tan importante de lo que me quieren hablar?

----Veras tío, Harry quiere preguntarte por algo que él ha descubierto y quiere saber tu parecer.

----Bien Harry te escucho.

----Pues bien Sr. Miller no sé si usted sabe que además de profesor de ciencias tengo una afición por la astronomía y poseo un equipo de observación aficionado. Nada de profesional, pero me deleito mucho en las noches estrelladas observando el cielo.

El rostro del Sr. Miller se alteró un poco, pero trató de no demostrar lo que en este momento estaba sintiendo. Sabía ya por donde venia Harry y se resignó a seguir escuchando.

----Continua – le dijo.

---- Pues que desde hace unos días estoy observando en los cielos un objeto que no había visto antes y al ver que se mantenía siempre en el mismo punto del cielo decidí investigar más a fondo. Este objeto se mueve en dirección a nuestro sistema solar, y estoy casi seguro de que dentro de algún momento nos impactará aunque en verdad no tengo la certeza. Pienso que en la Nasa ya lo tienen que haber avistado hace tiempo y me causa extrañeza que no lo haya hecho público.

Esta vez el Sr. Miller si se alteró profundamente. Casi se levantó de su asiento, pero se volvió a sentar lentamente. Miró a los jóvenes y preguntó

---- ¿Qué más saben?

---- Nada, solo eso. Se lo aseguro. ¿Ya lo sabían ustedes?

Robert Miller los miró profundamente angustiado. Estuvo un rato en silencio y luego contestó

----Si, lo sabemos hace más de cinco años. No estoy autorizado a decir más por ahora. ¿Me permiten hacer una llamada?

---- Claro tío.

Robert Miller marcó un núm. en su celular y casi de inmediato le contestaron.

----Dime Robert.

----Señor lo que tanto temíamos ha sucedido. Tengo frente a mí a mi sobrino Sam y a un amigo suyo que es aficionado a la astronomía y que ha descubierto a Apocalipsis

Sam y Harry se miraron asombrados. Aquel nombre le sonaba a tragedia.

--- ¿Y cuánto saben?

----Nada, solo que el amigo de Sam descubrió el asteroide y me pregunta si ya lo sabíamos. Además ha calculado que se dirige a nosotros.

---- ¿Se lo han dicho a alguien más?

---- ¿Oyeron? ¿Alguien más sabe de esto? Preguntó Robert Miller a los jóvenes.

----No Sr. Miller yo solo se lo dije a mi esposa y a mi amigo Sam, pero mi esposa solo sabe que estudio un objeto y no sabe nada más.

---Solo ellos lo saben contestó Robert Miller al presidente de la Nasa, que era con quien hablaba Robert Miller.

---- Necesitamos hablar con los dos.

---- ¿Cuándo?

---- Mañana por lo menos a la una de la tarde.

---- Bien, se lo diré a los dos, aunque ya lo oyeron.

----Y es necesario que mantengan absoluto silencio sobre este asunto hasta que hablemos con ellos. Déjame hablar con Sam

--------El Sr. Miller pasó el teléfono a Sam

----Habla Sam Miller

----Sam te habla el presidente de la Nasa. Estamos ante una emergencia nacional. Es necesario que mantengas la boca cerrada hasta que nos reunamos. Nada de noticias. No queremos causar un pánico en la población civil. Esto se ha mantenido en secreto durante cinco años y se debe seguir manteniendo así hasta el final. ¿Entiendes? Mañana te pondremos al tanto a ti y a tus amigos.

----Bien Sr. Adams así lo haremos.

---- Gracias Sam hasta mañana entonces. Déjame con Robert de nuevo.

Sam entregó el celular a su tío.

----Robert tráeme esos muchachos mañana sin falta a la una de la tarde.

----Bien Sr. Adams. ¿Algo más?

---- No Robert hasta mañana.

----Hasta mañana pues.

Robert Miller dejó el celular en la mesa y miró a los jóvenes.

----Mañana se van a enterar de algunas cosas que la Nasa y los gobernantes mundiales mantienen en absoluto secreto y espero que sepan mantener ese secreto por el bien de todos. La seguridad de los proyectos que tenemos en proceso depende de ello.

----Por mi parte descuide usted Sr. Miller no es mi propósito intervenir para nada en los planes de la Nasa y creo que tampoco Sam, ¿verdad Sam?

----Seguro Harry, pero tío, me gustaría saber a que nos enfrentaremos mañana.

----Veras Sam no tengo autoridad para decirte sobre que les estará hablando el Sr. Adams, pero si te puedo confirmar lo que ya saben. En el año 2028 fue descubierto por el telescopio James Webb ese asteroide que tu amigo Harry acaba de ver. En aquel momento se encontraba a una enorme distancia de nuestro sistema solar, pero al verificar bien la dirección que llevaba nos dimos cuenta de que en algún momento en el año 2038 impactaría a nuestro planeta Tierra y luego de estudiarlo más a fondo, vimos que era imposible detenerlo o desviarlo con la tecnología que poseemos en estos momentos. De manera que la Tierra está destinada a colisionar con este asteroide al cual los astrónomos que lo descubrieron llamaron Apocalipsis.

---- ¿Pero tan grande es?

----Si Harry, es enorme. Casi del tamaño de la luna, mas grande que Plutón y está compuesto de rocas y minerales como el hierro que le dan una masa enorme pues es más pesado que la luna.

---- ¡Dios pero eso es un monstruo!

---- ¿Y cómo es posible que un objeto así vague por el espacio y no haya sido atraído por ningún cuerpo celeste mucho más grande? ¿De dónde viene?

----Suponemos que es producto de una estrella que explotó en los confines de cualquier galaxia y fue lanzado al espacio vagando sin rumbo desde hace millones de años y ahora nos alcanza. Si nos impacta, se destruirá, pero también nos destruirá a nosotros.

----Y naturalmente los científicos de todo el mundo buscan la forma de acabar con este mortal asteroide.

--- Se están tomando ciertas medidas contra él, pero estamos contra la pared. Hasta ahora no se ha logrado nada concreto. Hace unos años tuvimos un éxito de gran importancia con un asteroide que habíamos descubierto en el 1999 que orbitaba alrededor del Sol interceptando las órbitas de la Tierra y Marte. La Nasa esperaba que en algún momento dentro de los próximos 120 años, este asteroide, al cual llamaron Bannu, y tenía un diámetro de 490 metros chocara con la Tierra. Decidieron destruirlo llevando una nave de 8.8 toneladas cargadas con enormes cantidades de bombas atómicas las cuales estallarían sobre el asteroide cuando la nave lo alcanzara y se estrellara contra este. La operación fue un éxito y logramos destruir a Bannu. Pero Apocalipsis es cientos de veces más grande que Bannu y no creo que tengamos con este el éxito que logramos con aquel pequeño asteroide.

Sam y Harry escuchaban atentos la conversación de Robert Miller, que aunque interesante, no lograba calmar la terrible ansiedad que ambos sentían. En especial a Harry, que solo pensaba en su esposa y sus dos niños. ¡Qué terrible destino les esperaba!

----Bueno chicos, hasta aquí es todo cuanto puedo decirles. Mañana se estarán enterando de los maravillosos planes de la Nasa para hacer frente a la amenaza de Apocalipsis. Mañana en la mañana deben estar aquí para partir hacia la Nasa y estar a la una en la reunión programada.

----Bien Sr. Miller estaremos temprano.

Ambos jóvenes salieron de la oficina de Robert Miller y decidieron partir a sus hogares. Ya no estaban condiciones de seguir celebrando.

XII- Continúan las explicaciones

La ruta desde el lugar de vivienda de Sam Miller a casa de su tío Robert y desde este a las facilidades de la universidad de John Hopkins era relativamente corta. Como todavía faltaba bastante tiempo para la reunión con el director de la Nasa, nuestros amigos aprovecharon para almorzar algo en los lujosos restaurantes localizados en los alrededores del puerto de Baltimore.   Esta hermosa e histórica ciudad es la segunda ciudad del estado de Maryland, siendo Annapolis su capital. Desde los tiempos de la colonización el puerto marítimo de Baltimore tiene una larga historia. El Fuerte Mc Henry, donde nació el himno nacional de los Estados Unidos, el Star Spandgled Banner o la bandera tachonada de estrellas, se ubica en la desembocadura del puerto interior de Baltimore. Hoy en día esta zona portuaria tiene tiendas, restaurantes elegantes especializados en cangrejo y atracciones como el buque de guerra USS Constellation de la guerra civil americana y el acuario nacional que exhibe cientos de criaturas marinas.

Llegada la hora de la reunión fueron llevados por el Sr. Miller hasta las oficinas del presidente Dean Adams. Grande fue la sorpresa de nuestros amigos cuando al entrar vieron nada menos que la figura del presidente de los Estados Unidos Alexander Fleming que estaba junto con el Sr. Dean Adams. Los saludos fueron muy corteses de parte de ambos lados. Y después de las debidas presentaciones, el presidente Fleming tomó la palabra.

----Srs., como veo esta reunión conmigo los ha tomado por sorpresa, pero es que me encontraba en las facilidades (últimamente trabajo más aquí que en la Casa Blanca) Y el Sr. Adams me invitó a estar presente ya que esto le dará mayor veracidad a lo que aquí van a escuchar. Sé que ya están enterados de la catástrofe que se avecina para el planeta. Todo es verdad, dentro de cinco años seremos impactados por este mortal asteroide llamado Apocalipsis que no dejará rastro de la Tierra en el firmamento y lamentablemente, hasta ahora, no somos capaces de evitar este terrible desastre. Esto podría significarla extinción total de toda la humanidad en cuestión de segundos. Pero gracias a nuestro gran Dios y a nuestra capacidad inventiva tenemos la posibilidad de salvar la vida de varios cientos de miles de habitantes del planeta y evitar la desaparición de la especie. Para eso estamos trabajando arduamente todos los mandatarios del planeta, para poder evitar que el ser humano desaparezca del universo.

---- ¿Pero cómo podemos hacer algo así Sr. presidente? — pregunto Sam Miller.

---- Ya se van a enterar como lo estamos haciendo—respondió el presidente-- Sr. Miller, es necesario que lo que van a saber hoy no sea divulgado bajo ninguna circunstancia. Es necesario mantener este proyecto en absoluto secreto para poderlo llevar a cabo satisfactoriamente. ¿Tengo la palabra de ambos?

----No faltaba más Sr. presidente por supuesto que si ¿Verdad Harry?

----Naturalmente Sr. presidente.

----Confío en ustedes. ¿Saben lo que sucedería en nuestro planeta si esto se supiera antes de que los escogidos sean llevados fuera del planeta?

---- ¿Los escogidos? ¿Fuera del planeta? ¿Pero cómo?

----Para aclarar sus dudas y contestar todas esas preguntas voy a dejar con ustedes al Sr. presidente de la Nasa que les informará como.

El director Adams tomó la palabra.

----Bien amigos para que puedan entender nuestro proyecto de salvación de la especie humana tenemos que conocer los maravillosos avances que en materia de viajes espaciales hasta el momento hemos logrado. En el año 2006 después de muchas investigaciones y muchos fracasos y aciertos, basándonos en las teorías sobre el espacio tiempo del físico mexicano Miguel Alcubierre, logramos desarrollar la construcción del motor warp creando un método de viajar por el universo a una velocidad que supera ocho veces la velocidad de la luz mediante el empuje warp. No creo necesario explicarles que es el empuje warp en este momento, pero si quieren saberlo, más tarde le daremos literatura para que entiendan como es que funciona este método con el que podemos viajar a ocho veces la velocidad de la luz. La cuestión es que una vez seguros de que funcionaba procedimos a diseñar y construir una nave capas de usar este sistema de propulsión y el resultado fue la nave súper lumínica U.S. Centauro, una fabulosa nave interplanetaria más grande que un porta aviones y que puede transportar cómodamente miles de seres humanos por el universo. Nuestro objetivo principal era viajar a la estrella más cercana al Sol, Alpha Centauri, que se encuentra a cuatro años luz de la Tierra. Un viaje de unos seis meses. Ya la tripulación estaba entrenada y se componía de varios científicos y el personal a cargo del manejo de la nave. Estaríamos estudiando un planeta en esta estrella que tenia probabilidades de tener agua y

---

atmósfera, pero desafortunadamente el planeta que visitamos llamado Próxima B resulto ser incapaz de soportar ninguna clase de vida orgánica al no poseer una atmósfera adecuada ni tampoco agua en estado líquido. Afortunadamente en el año 2011 fue descubierto por el telescopio de la Silla en Chile un planeta con un enorme potencial de poseer vida ya que tenía una temperatura media casi igual a la de la Tierra. Cuando comenzamos a realizar estudios de este planeta, que se encuentra a 23 años luz de la Tierra en la galaxia del escorpión, por medio del telescopio espacial Hubble y más tarde con el telescopio James Webb el cual pusimos en servicio en el 2021, descubrimos que este planeta poseía una atmósfera idéntica a la Tierra y tenía grandes cantidades de agua, o sea, mares, lagos y ríos. Al comparar este planeta con el que pensábamos visitar, vimos cuan superior era y cambiamos nuestros planes. Decidimos visitar este planeta llamado Gliese 667 Cc por estar orbitando la tercera estrella de un sistema triple de estrellas llamado Gliese 667. Ya para ese entonces la nave estaba en las pruebas finales y lista para su primer viaje. Decidimos entonces llegar hasta Gliese 667Cc llevando un nuevo contingente de personas a bordo. Además de la tripulación y un gran grupo de científicos de todas las especialidades de la ciencia, embarcamos un grupo de ciudadanos con el fin de establecer la primera colonia en un planeta fuera de nuestro sistema solar. En el verano de 2023 partió la nave llevando cinco mil personas en su interior así como alimentos y materiales para construcción. En el año 2026 nuestra nave llegó a su destino. En estos momentos tenemos una colonia próspera en Gliese 667 Cc y la nave US Centauro está de regreso para llevar otro grupo de ciudadanos al planeta.

Esta vez serán personas que escapan de una muerte segura si se mantienen en la Tierra. Debo añadir que el planeta Gliese 667Cc es un planeta enorme, muy grande. Es casi cuatro veces más grande que la Tierra y es un planeta muy rico en recursos por lo que puede soportar fácilmente una colonia de varios millones de colonos. Los colonos que quedaron en Gliese fueron autorizados a formar un gobierno propio y ahora mismo preparan su nuevo hogar para recibir la gran cantidad de refugiados que llegarán dentro de varios años preparando viviendas y organizando granjas y facilidades para todos.

Sam Miller y Harry Méndez no podían creer lo que estaban oyendo. Aquello parecía una historia sacada de una novela de ciencia ficción. ¿Cómo había podido la Nasa realizar toda aquella operación sin que el mundo se enterara? Nuestros amigos permanecían en sus asientos como si estuvieran petrificados. Aquello no podía ser cierto. El presidente de la Nasa, después de un breve descanso prosiguió con su exposición.

----Y ahora viene la parte importante de la historia. En el año 2028 dos astrónomos aquí en la NASA descubrieron al asteroide que llamaron Apocalipsis. Luego de haberlo estudiado a saciedad y comprobado que chocaría con la Tierra diez años después. Se puso en aviso al presidente de la nación y entonces se procedió a hacer la famosa reunión cumbre en la que se excluyó a la prensa, por razones obvias. Allí con todos los mandatarios del mundo se trató de buscar un método para tratar de evitar el encuentro con Apocalipsis y como nada se podía hacer, entonces pusimos a todos en conocimiento de nuestros avances científicos y de nuestra colonia en Gliese 667 Cc. El plan era llevar una gran cantidad de habitantes de la Tierra a Gliese 667Cc para salvarlos de la destrucción y preservar a la humanidad de la extinción. Pusimos en manos de los gobiernos nuestra tecnología para que según sus capacidades construyeran naves igual a nuestra U. S Centauro para llevar la mayor cantidad de personas al planeta que nos recibiría como a una sola nación. Debo decir que las naves fueron despojadas de todos sus lujos y comodidades para aumentar la cantidad de personas a llevar en un único viaje, pues no tendríamos tiempo para realizar un segundo viaje. Actualmente se construyen 64 naves en todo el mundo con una capacidad para llevar diez mil personas cada una. Estas naves ya están bastante adelantadas y esperamos estén listas por lo menos dos años antes del encuentro con Apocalipsis. Por lo menos salvaremos casi tres cuartos de millón de personas. ¿Ven la importancia de mantener esto en secreto? Si la población civil se entera se podría formar un caos. Todos querrían ir hacia Gliese y esto no será posible.

----Si Sr. Adams y yo en calidad de periodista más que nadie estoy consciente de ello.

----No esperábamos menos de ustedes amigos. De todas formas tendrán su recompensa. El Sr. Harry Méndez, su esposa e hijos tienen un lugar en una de las seis naves nuestras que partirán a Gliese 667Cc al igual que tu Sam y la hija de Robert con su esposo. Nosotros, debido a nuestra edad, no cualificamos para el viaje ya que hemos adoptado reglas muy estrictas para poder cualificar y estar entre los escogidos las cuales son juventud y una salud a toda prueba. Solo así podemos garantizar el éxito de la salvación de la humanidad. Estas reglas son igual para todos los habitantes del planeta. Nadie mayor de cuarenta años cualifica. Ahora ya están enterados de todo lo concerniente a Apocalipsis y de los planes de evacuación de una ínfima parte de la población de la Tierra hacia un planeta llamado Gliese 667 Cc. Bueno ya están enterados de cuál será el destino de la Tierra dentro de poco tiempo. Será algo lamentable. Y lo peor es ver cómo pasa el tiempo y no poder hacer nada para evitarlo. Dentro de tres o cuatro años comenzarán a salir las naves para Gliese en un viaje que durará unos tres años. Luego que todas las naves hayan abandonado la Tierra, haremos público a los que se quedan del fin que se aproxima.

----La verdad es que todo esto es increíble y si no lo dijeran ustedes sería difícil de creer—dijo Harry.

----Pero lamentablemente es así. Van a tener el privilegio de ver cómo va la construcción de las naves, para terminar de convencerlos.

---- Seria muy interesante Sr. Adams.

----Pues vamos al área de construcción que está a media hora de donde estamos ahora.

Al poco rato nuestros amigos fueron llevados hasta el área donde se construían aquellas enormes naves que llevarían a la salvación a miles de personas hasta el planeta Gliese 667 Cc.

Aquellas facilidades eran enormes y se veía un mar de obreros trabajando en un sinfín de operaciones diversas. Todos trabajaban afanosamente y se podían ver a lo largo del área de construcción la forma de las seis naves americanas ya casi en su fase final. El espectáculo era en verdad imponente. Pronto las naves estarían dispuestas para realizar el fantástico viaje a la salvación de la humanidad. Nuestros amigos no salían de su asombro. Jamás hubieran imaginado algo parecido. Allí veían plasmado todo el ingenio de la tecnología americana al servicio de la salvación de la humanidad. Allí podían palpar la resolución de los gobiernos del mundo por salvar la humanidad de la debacle que causaría Apocalipsis cuando llegara el momento de la destrucción. La Tierra sería destruida, pero sus habitantes morirían peleando y orgullosos de poder llevar una parte de ellos a la salvación.

Ya estaban enterados nuestros amigos de la verdadera razón por la que, al parecer había tanta paz en la Tierra. Los gobernantes del mundo hacían lo imposible por salvar una parte de la humanidad a costa de todo y de todos. La tierra sería destruida, pero la especie humana no se extinguiría. Seguiría floreciendo en otro planeta igual a esta y con el transcurrir del tiempo sería igual de numerosa que ahora si así lo permitía el creador de todas las cosas.

XIII- Éxodo

Los trabajos en la construcción de las naves americanas estaban bastante adelantados y se realizaban de acuerdo a lo programado. Poco a poco aquellas seis naves fueron tomando forma y ya para el año 2036 estaban prácticamente terminadas. Los astronautas que comandarían estas naves fueron adiestrados debidamente y los pasajeros americanos que irían en las naves fueron seleccionados alrededor de toda la nación. Sesenta mil almas entre hombres, mujeres y niños que estarían viajando en el próximo año hacia un mundo prometedor que sustituiría al próximamente extinto planeta Tierra.

Canadá también estaba a la par con los americanos en la construcción de las naves. En América del sur también todo se realizaba de manera detallada y precisa. La partida de estas naves a nivel mundial estaba programada para fines del año 2037, fecha en que estarían todos los escogidos saliendo en su largo viaje a la tierra prometida.

El año 2036 era año eleccionario en los Estados Unidos y el presidente Fleming no podía postularse nuevamente por llevar ya dos términos en su administración y la nominación presidencial cayó a manos de su actual vicepresidente Carlo Pendelton ganando la presidencia, cómodamente. Carlo Pendelton estaba destinado a ser el último presidente de la nación más poderosa del mundo y él lo sabía. Aceptó su presidencia con la resignación de que sería la persona que dirigiría la salvación de la humanidad entera. El nuevo presidente designó al saliente presidente Fleming para dirigir todo el plan de evacuación de los escogidos a su punto de destino: Tierra 2 como ya comenzaban a llamar a Gliese 667Cc.

La selección de estos seres privilegiados que estarían viajando al nuevo planeta fue llevada a cabo por un grupo de expertos en supervivencia humana. Primero se tomaron en cuenta las condiciones del nuevo planeta el cual tenía una gravedad un poco mayor que la Tierra, 1.32 g. mayor. Aunque esto no debía de ser muy molesto. Los colonos que ya Vivian en Gliese se adaptó fácilmente a estas condiciones en las que solo pesaban algunas libras más. Por lo demás, el planeta era idéntico a la Tierra y esto facilitaba mucho las cosas. Aun así estas personas tenían que cumplir con varios requisitos. Debían tener una genética perfecta y ser casi invulnerables a las enfermedades comunes y con una esperanza de vida larga, no estando propensos a enfermedades como la diabetes, hipertensión, alzhéimer y esquizofrenia. Deberían ser fuertes y adaptables a temperaturas altas y bajas. En Gliese 667 Cc el calor en unas aéreas era altísimo y en otras muy frio. En fin esto no era algo difícil de lograr, cualquier humano saludable reunía estas características. Total que en la Tierra tenemos temperaturas extremadamente bajas en invierno en algunos países y temperaturas extremadamente calientes en las regiones cercanas al ecuador y bajo estos extremos hay bastantes habitantes que las habitan.

Estas personas según eran escogidas se albergaban en una comunidad en la que eran preparados y adiestrados para el largo viaje. Muchos de ellos, en su gran mayoría eran matrimonios con hijos. Los que eran solteros, elegirían parejas en el planeta de las personas que estuvieran libres. Era en este momento que en que se ponían al corriente del verdadero propósito de haber sido escogidos, lo cual fue un duro golpe para muchos al saber que serían separados de los seres queridos que no cualificaban para el viaje. Se adiestraron en todos los métodos de supervivencia y se les hiso saber que una vez en el planeta, serian libres de elegir su modo de vida, pero adaptándose a las reglas establecidas por el gobierno imperante en la colonia. Se suponía que una vez en Gliese todas aquellas personas de tantas razas, nacionalidades, costumbres y lenguajes distintos prontamente se dispersarían en grupos por todo el planeta formando países y ciudades por doquier. Esto era de esperarse. Pero esto sería con el paso del tiempo y según el planeta fuera siendo explorado. Al principio todos se mantendrían unidos para la protección de la colonia, pues siempre había que esperar que surgieran problemas de seguridad y adaptabilidad. En fin que todos los nuevos habitantes de Gliese pertenecían a todas las naciones de la Tierra y llevarían allá su idioma y costumbres. Pero esperemos que esta vez puedan ser más tolerantes unos con otros y podamos vivir en paz como verdaderamente debía ser.

Se esperaba, como ya sabemos que para el año 2037 daría comienzo la salida de todas las naves a nivel mundial. Estábamos ya a mediados del 2036. Los que quedaran no tendrían ninguna esperanza de subsistir. Los que partían tenían un futuro prometedor en un planeta que los acogería para formar una nueva vida. Aunque partían a un planeta casi prehistórico, llevaban la tecnología que durante siglos el hombre había desarrollado y perfeccionado en la Tierra y que prometía- una forma de vida y de progreso rápido y constante.

Cómo fueron seleccionados las personas en otros países para el largo viaje fue decisión de cada país aunque todos tenían el mismo consenso que tenían los americanos, pero era de esperar que tuvieran sus variantes. Eso sí, debían de estar equiparados los sexos. Hombres y mujeres en la misma proporción.

Y mientras, Apocalipsis viajaba por el infinito a su encuentro con la tierra. Era impresionante ver aquella enorme masa rocosa en su avance hacia nuestro sistema solar. Pero aunque faltaban cuatro años para su fatídico encuentro con la Tierra ya se podía ver un pequeño punto luminoso en las noches que brillaba claramente cuando las noches eran claras. Era Apocalipsis que ya se dejaba ver para recordarnos que ya estaba cerca. Y este nuevo objeto que apareció de repente fue avistado por muchos observadores aficionados a lo largo y ancho del planeta y comenzaron las indagaciones en la prensa que se preguntaba que era aquel objeto tan brillante. Se llegó el momento en que la Nasa y otras agencias espaciales se vieron precisadas a dar explicaciones. Todos decidieron dar la misma versión para no alarmar a la población. Se trataba de un cuerpo celeste que pronto estaría pasando cerca de nuestro vecindario y que luego de pasar por las cercanías del sistema solar, se perdería en los confines del universo como siempre sucedía con estos cuerpos celestes. En gran medida esto calmó las preocupaciones de las personas intrigadas por aquella visión nocturna. El fenómeno había sido avistado y estudiado y no representaba ningún peligro hasta el momento. Claro está que esta era una forma de calmar los ánimos de los más temerosos. Había que dar tiempo a que las naves salieran de la Tierra.

Cuando la naturaleza nos arroja algo tan catastrófico que provoque la destrucción total de la Tierra, eso nos forzaría a intentar escapar. Como especie podemos expandirnos más allá de los confines del planeta que nos dio la vida. Afortunadamente ya teníamos la tecnología para hacerlo. Durante la larga evolución de la Tierra, a menudo las grandes migraciones y expansiones de una especie, se inician debido a algún desastre que obliga a esa especie a avanzar. Ahora nos tocaba a nosotros. Ya no podíamos quedarnos en la Tierra porque estaríamos destinados a extinguirnos. Por esta razón teníamos que marchar, para salvar a la raza humana de la extinción total. No podíamos salvarnos todos, pero si una ínfima parte que aseguraría la preservación del ser humano. A fin de que el propósito de la naturaleza en todos los aspectos es la preservación de la especie, no del individuo. Los más fuertes siempre sobreviven. Pero en el caso de los seres humanos, no era así. Eran los gobernantes quienes decidirían los que estarían haciendo el viaje a los confines del universo, aunque quizás sin pensarlo, hacían la misma selección que haría la naturaleza misma, los más fuertes y con mejor genética para la adaptación eran los escogidos. Solo se trataba de realizar un largo viaje de unos tres años. Simplemente nos mudábamos de casa.

Harry Méndez que conocía perfectamente el destino de la Tierra, tenía sentimientos encontrados. Por un lado tenía la certeza de que su esposa e hijos estaban entre los que partirían a Gliese 667 a su lado. Por otro lado sus familiares y los de su esposa se quedarían. Y eso lo hacía padecer mucho. Aun no había hablado con su esposa sobre el asunto, pero ya era el momento. Pronto tendrían que acuartelarse en las aéreas de adiestramiento para el viaje. Además su esposa ya había notado el cambio de ánimo en su esposo. Y entonces surgió la conversación.

---- ¿Mary recuerdas cuando llamé a Sam Miller antes de la boda de su prima y posteriormente la reunión que ambos tuvimos en la Nasa?

---- Claro Harry ¿No era con relación a la observación que habías hecho y que luego resultó que era un asteroide que pasaría cerca pero que ya ellos lo estaban estudiando y no era nada peligroso?

---- Pues sí y no.

---- ¿Cómo que sí y no? Explícame.

---- Veraz voy a contarte algo que te va a dejar impactada. Sucede que mi observación era acertada y se lo expliqué a Sam, pues ya sabes que es periodista y además sobrino del Sr. Miller, jefe del laboratorio de observación del espacio en la Nasa. Quería saber si estaba enterado de algún descubrimiento al respecto en la Nasa y la respuesta fue que no, pero que hacía tiempo su tío estaba muy raro y poco hablador. No te había dicho en verdad que fue lo que en aquellos momentos estaba observando hacia semanas, pero estaba seguro que no era nada bueno. Y si la Nasa no lo había visto, lo cual dudé desde el primer momento, no sabía que pensar. No era probable que yo fuera su descubridor pues lo que estaba observando era un cuerpo celeste que, según mis cálculos, se acercaba a nuestro sistema solar y estaría pasando muy cerca de nuestro planeta. Cuando fuimos a la boda, hablamos con el Sr. Miller y el resultado fue lo correcto de mis observaciones, pero el Sr. Miller no tenía autorización para hablarnos de ello. Nos pidió absoluto silencio y al hablar con sus superiores, nos llamaron a una reunión secreta en la Nasa con el Sr. Dean Adams, el presidente de la

Nasa. Cuando fuimos a la cita cual no fue mi sorpresa al ver en esta, además del Sr. Adams, al presidente de los Estados Unidos. Rápidamente la alarma se reflejó en nuestras caras. Y no era para mas esta gente nos contó cosas alarmantes por un lado y maravillosas por otro. Lo que te voy a decir es algo como sacado de una novela de ciencia ficción, pero es absolutamente secreto. Sam y yo lo pudimos contactar personalmente. Vimos las maravillosas construcciones y apenas lo podíamos creer.

---- ¿Pero qué construcciones?

---- Las naves Mary, Las naves.

---- ¿Pero qué naves?

----Déjame seguir yo estaba en parte en lo correcto, pero me había quedado muy corto acerca del peligro que nos amenaza. Se trata de la destrucción de toda forma de vida en la Tierra. En el año 2028 la Nasa descubrió un enorme asteroide casi del tamaño de la luna que se acerca directamente a colisionar con nuestro planeta y no hay fuerza humana que lo pueda evitar. La Tierra será borrada del firmamento en el año de 2038.

---- ¡Dios no puede ser!

---- Si Mary. Pero hay una posibilidad de salvación.

---- ¿Cómo? ¿Cuál?

---- Veras. En el año 2006 la Nasa descubrió y perfeccionó una forma de viajar mucho más rápido que la velocidad de la luz. Y esto fue mantenido en secreto por razones obvias. Comenzaron la construcción de una nave capas de viajar ocho veces a la velocidad de la luz y se proponían hacer un viaje de exploración hasta Alpha Centauri, la estrella más cercana a nuestro Sol, pero ocurrió algo que cambió sus planes. En el año 2011 se descubrió un planeta con unas características similares a la Tierra en una constelación llamada Escorpión a 23.5 años luz de la Tierra. Con la ayuda del telescopio espacial Hubble y más tarde con el James Webb, se corroboró que tiene agua y atmósfera similar a la Tierra. La Nasa cambió de planes y decidió mandar una expedición tripulada al planeta descubierto llamado Gliese 667 Cc. Para el año 2023 ya la nave estaba lista para partir con un cargamento de científicos y personas voluntarias para la posible colonización del planeta. Anteriormente esta nave había visitado Alpha Centauri, pero el único planeta que podía poseer atmósfera en realidad no era adecuado para la vida humana. Llevaban alimentos y equipo de construcción para establecer una colonia si las condiciones en el planeta se verificaban y eran en verdad similares a las de la Tierra. Tres años después la nave llegaba con cinco mil almas a Gliese 667 Cc. El planeta resultó ser superior a la Tierra. La colonia se estableció y hoy día está floreciente. Entonces se descubrió el mortal asteroide al que llaman Apocalipsis. Ante la imposibilidad de evitar la colisión los Estados Unidos realizaron una reunión cumbre con las naciones a nivel mundial y los pusieron al tanto de los grandes descubrimientos que habían logrado y pusieron su tecnología y diseño de la nave espacial para que los países pudieran fabricar naves idénticas y llevar parte de su población hasta Gliese 667 Cc antes de que llegara el fin. En resumen ya casi están en su etapa final 64 naves que partirán hacia el nuevo planeta en el próximo año. Cerca de tres cuartos de millón de personas podrán salvarse de la colisión, el resto perecerá junto con la Tierra. A cambio de nuestro silencio nosotros y nuestros hijos están incluidos entre los que se salvarán. Desafortunadamente, nuestras familias no lo lograrán.

---- Pero Harry, esto es algo demasiado difícil de entender. No puedo procesar lo que me dices. ¿Qué la Tierra va a ser destruida por un asteroide dentro de cuatro años y no tenemos forma de evitarlo? ¡Ho Dios, tanto que se había especulado sobre esto y al fin sucede!

---- Y lo cierto es que siempre lo habíamos presagiado y cuando ocurre nadie lo aceptará. ¿Sabes lo que sucederá si la población se enterara de esto antes de que las naves partan en secreto? Todo el mundo querrá formar parte de los que se marchan y sabrá Dios lo que pase. Se desatarán hasta guerras civiles en todos los países y quizás logren abortar los planes de los países para salvar unos pocos.

Una vez que Harry enterara a su esposa de los futuros acontecimientos que estaban por venir procedió con los preparativos para llevarla a ella y a sus hijos al lugar de acuartelamiento. No podían hablar con sus familiares, pues estos podrían filtrar esta información y se descubriría la amenaza antes de que las naves estuvieran listas para la partida.

Hasta ahora todo se había podido llevar a cabo en completo secreto y los obreros trabajaban en la construcción de las naves sin siquiera saber con qué fin. Ya para fines del año 2036 la mayoría de las naves estaban listas en todo el mundo y las personas que viajarían en estas ya habían sido seleccionadas y adiestradas para el viaje.

Lamentablemente lo que era de esperar que pasara, sucedió. Ocurrió en el país fronterizo con los Estados Unidos, México. Varios obreros que trabajaban en la construcción de las naves mexicanas se enteraron por casualidad de la verdadera razón de esta misteriosa construcción y logrando burlar la vigilancia, lograron acceso a los medios noticiosos a los que con verdadero terror contaron lo poco que sabían del asunto. La noticia se expandió como pólvora por una prensa irresponsable y sensacionalista que sin corroborar con las autoridades, difundió esta. Cuán grande fue el revuelo que se suscitó tanto en México como en los países del mundo entero según se fueron enterando. Los siguientes días fueron un verdadero caos gubernamental difícil de explicar. La gente no atinaba a comprender que era lo que estaba pasando en realidad. Los gobiernos negaban los hechos. En la gran mayoría de los países se ignoraba la construcción de estas naves y la situación era más moderada. En otros países no fue así y se enfrentaron el pueblo con los medios de defensa de estos. La partida de las naves peligraba. Si el público enardecido lograba acceso a las áreas de construcción, las naves corrían peligro. Como resultado se adelantó el lanzamiento de estas naves las cuales ya estañan equipadas con todos los tripulantes y pertrechos. En los países que más peligro había se dieron instrucciones de partir hacia el espacio donde permanecerían en órbita alrededor de la Tierra hasta que estuvieran todas las naves fuera de esta y del alcance de la furia humana. Poco a poco decenas de naves en todos los países fueron lanzadas al espacio despegando furtivamente de la Tierra. País por país y bajo estrecha vigilancia, estas naves iban despegando elevándose majestuosamente con su preciada carga hasta alcanzar su órbita en el espacio.

Era algo impresionante ver aquella larga fila de naves que se agruparon por país. Una vez todas agrupadas y listas, se dieron las órdenes de partida. Comenzaba el éxodo hacia la tierra prometida. Una por una las naves fueron activando su motor de curvatura y al ser envueltas en la burbuja de curvatura fueron partiendo a la increíble velocidad que no cesaría hasta llegar a Gliese 667Cc. Partieron una tras la otra con un intervalo de quince minutos hasta que la última nave alcanzó la velocidad warp. Casi tres cuartos de millón de seres humanos viajaban por el universo a una velocidad asombrosa que duraría tres años hasta llegar al que de ahora en adelante seria su nuevo hogar. Atrás quedaba un planeta condenado a la extinción.

XIV- Después de la partida

La partida de las naves hacia su destino final fue bien triste para todos. No era fácil alejarse para siempre del planeta que por tantos centenares de siglos dio vida a tantas especies vivientes. Y pensar que cuando llegaran a su destino, la Tierra habría dejado de existir y con ella, todos sus seres queridos. Pero no era el final, era el comienzo. El comienzo de una nueva vida en otro mundo, en otro planeta que los acogería como a sus hijos adoptivos.

El año 2036 llegaba a su fin. Las pasiones en la Tierra se fueron calmando. Los habitantes del planeta no se resignaban a su triste destino y el pesimismo reinaba por doquier. La gente, en la gran mayoría de los casos, ni siquiera iba a sus trabajos y aun así, después de un corto tiempo, fueron regresando a sus puestos de trabajo. Faltaban aun dos años para el fin y por lo menos durante ese tiempo había que vivir. En la gran mayoría de los casos la gente no perdía la esperanza. Las iglesias, otrora casi vacías, volvían a llenarse de gente que buscaba en la fe el consuelo para su pesar. Buscaban consuelo y resignación ante la terrible catástrofe.

Cabe decir que la gran mayoría de los gobernantes a nivel mundial se quedaron con su pueblo ya que muchos no tenían cabida en las naves debido a su avanzada edad y que muchos servían de ejemplo a su pueblo. Les llevaban el consuelo de que aunque para ellos era el fin de los tiempos, para los que partieron era el comienzo y la raza humana no se perdería. Seguiría floreciendo en otro jardín.

¿Pero en verdad sería el destino de la Tierra perecer para siempre? ¿No había aun la posibilidad de salvar aquel hermoso y excepcional planeta de la extinción total? Había que buscar la forma de salvar a aquel planeta que durante millones de años había sido un laboratorio de vida en el universo. La nave US Centauro aun no llegaba. Se esperaba su regreso dentro de pocos meses, a mediados del 2037. En esta nave partirían los últimos científicos de la Nasa y sus familiares. Este personal trabajaba afanosamente buscando un medio de evitar la catástrofe. Aun tenían la fe de poder evitar que esto pasara. Apocalipsis se acercaba a la Tierra sin desviarse un centímetro de su ruta y las noches eran noches de terror para los habitantes de la Tierra al ver como se iba agrandando más y más en el firmamento. Nada lo detenía en su viaje fatídico hacia la Tierra. A pesar de todo la vista de este asteroide era maravillosa. Ya tenía el tamaño de una naranja y noche tras noche seguía aumentando su tamaño. Ya era como un segundo satélite de la Tierra.

En la NASA el personal a cargo seguía estudiando las características de este asteroide con el fin de descubrir algún punto débil para poder centralizar una estrategia de ataque contra este. Ya la presión por salvar la especie humana había desaparecido. Ya los elegidos iban camino hacia su nuevo hogar y ahora era el momento de pensar en los que quedaban a merced del poder destructivo de Apocalipsis. En la Nasa no esperarían la muerte sin luchar.

El director de la Nasa Dean Adams, el ex presidente de los Estados Unidos Alexander Fleming, Robert Miller, Sean Spencer y Paul Morris trabajaban incansablemente para buscar la forma de detener o destruir a Apocalipsis. Habían surgido varias ideas siendo la principal el uso de armas nucleares, que aunque la primera vez que se habló de esto se rechazó por el enorme tamaño del asteroide. Ahora era la única solución lógica. No tenían alternativa. Si no lo destruían al menos quizás podrían fragmentarlo en pedazos o detenerlo un poco en su velocidad y así evitar que la Tierra estuviera en su paso y pasara de largo sin afectarlos. También cavia la posibilidad de que al ser fragmentado, alguno o varios de estos fragmentos fueran lo suficientemente grandes y aun así impactaran la Tierra sucediendo que al final nos pasara como a los dinosaurios cuando hace millones de años la Tierra fuera impactada por un meteorito y acabara con todo vestigio de vida en aquel momento dando luego paso al desarrollo de los mamíferos. Pero la Tierra no sería totalmente destruida y quizás después de varios cientos de años volvería a resurgir de sus cenizas como el ave fénix. Cualquier idea era acogida con seriedad por mas impracticable que esta fuera. Pero finalmente se decidieron por un ataque masivo con bombas nucleares. Pero había que actuar rápido pues mientras más cerca estuviera Apocalipsis, más probabilidades había de que si lograban partirlo en pedazos, alguno de estos pedazos impactara la Tierra. Pero tenían el problema de cómo hacer llegar estas naves hasta el asteroide. Debido a la construcción de las naves salvadoras de la humanidad, ya la Nasa no contaba con vehículos espaciales capaces de viajar hasta el asteroide con suficiente tiempo. Tampoco las grandes potencias estaban capacitadas para esta operación. Eso si el armamento nuclear era poderosísimo. Había suficientes bombas en la Tierra para causar daño al asteroide, pero no tenían la forma de llegar a este.

En el año 2037 Apocalipsis se encontraba a una distancia de 7, 464, 960,000 kms de la Tierra. No había manera de llegar a este a tiempo. Entonces surgió la única alternativa posible, la nave US Centauro estaba a punto de llegar para realizar el transporte de los últimos refugiados de la Tierra, el personal de la Nasa y familiares. Si se usaba la nave para destruir a apocalipsis y esta tentativa fallaba, ya no habría forma de salir nadie más del planeta pues la nave tendría que estrellarse en la superficie del asteroide y detonar a un tiempo todas las bombas. Y de fallar, todo estaba perdido. Sin embargo, todos optaron por esta solución. Había que salvar la Tierra o morir en el intento. Una vez que la nave llegara seria cuestión de cargarla con las bombas y lanzarla contra el enemigo. El resultado solo Dios lo sabría. Dentro de unos meses la nave llegaría. No había tiempo que perder. Todos los países con capacidad nuclear pusieron sus bombas a disposición de la Nasa. Al poco tiempo un enorme arsenal de armas nucleares era almacenado bajo estricta vigilancia en los hangares de la agencia espacial. Tan pronto llegara la U S Centauro seria preparada para su última misión. Tan pronto la nave llegara sería cargada con una enorme cantidad de bombas que estarían sincronizadas para estallar al contacto con la masa del asteroide. Una vez la nave partiera hacia su destino seria cuestión de días para hacerla colisionar con este y ver qué resultados se obtenían. Solo era cuestión de esperar por la nave.

Este plan para destruir a Apocalipsis tenía una posible falla y era que el asteroide, podría ser impactado por un solo lado y la potente explosión podría no ser tan efectiva. Había que fragmentar a Apocalipsis de forma tal que no representara mayor daño para el planeta. Si solo lo partían en pedazos, uno de estos pedazos podría impactar la Tierra con terribles consecuencias. Hasta aquí llegaba la ciencia, el resto quedaría en manos del Creador.

Sam Miller no estaba entre los que partieron hacia Gliese 667Cc. Decidió quedarse con sus tíos hasta el último momento. En cambio el matrimonio formado por su prima Elena y su esposo, aunque con gran pesar, si partieron. Solo con la promesa de que sus tíos irían entre los últimos refugiados que partieran hacia el nuevo planeta. Sam tenía mucho trabajo que realizar en tierra. Era el enlace entre la Nasa y la prensa en todo lo relacionado con el proyecto de destrucción contra Apocalipsis. Todo lo relacionado con este proyecto era informado a la prensa por Sam Miller

El mundo entero rezaba fervorosamente por que el proyecto de la Nasa tuviera resultados positivos mientras que Apocalipsis seguía acercándose día a día más y más a la Tierra. Pero estos rezos trajeron cierto grado de tranquilidad a los habitantes del planeta. Todo había vuelto a una casi normalidad. Los disturbios habían cesado casi por completo en todo el mundo. Los habitantes del planeta pasaron de la ira y la impotencia a la calma y a la aceptación de su destino y todos ponían en manos de Dios el destino de su raza, aun los no religiosos. El mundo entero se llenó de fe. Esta fe trajo tranquilidad y sosiego a todos. Ya solo era cuestión de esperar. Y la espera no tardaría en llegar con la pronta presencia de la nave U S Centauro.

La ya famosa nave había sido informada desde la Nasa de cuáles eran los propósitos de la agencia una vez esta llegara a la Tierra. Aunque con pesar, toda la tripulación de esta estuvo de acuerdo con estos planes.

Todos sabían que era una misión suicida, pero alguien tenía que pilotar la nave y estrellarla contra el monstruo. Claro que sería con el número menor de tripulantes. Solo el suficiente para llevar la nave a su destino. De tener éxito, serian menos los muertos. De fallar... ni modo, todos morirían.

Y por fin llegó a su fin la larga espera. Como estaba pautado, era el verano del año 2037 y la nave U S Centauro llegaba a Tierra. La primera vez que salieron, lo hicieron en absoluto secreto llevando un enorme contingente de colonos y soldados en una aventura sin precedentes. Ahora regresaban como héroes, no solo por la gran hazaña que habían realizado, sino porque eran los posibles salvadores de toda la humanidad

Protegida por un enorme contingente de soldados la nave se posó majestuosamente en tierra. La tripulación fue recibida como héroes nacionales, quizás los últimos héroes de la humanidad. Tendrían un periodo de descanso de algunos días en lo que la nave era cargada cuidadosamente con su mortal carga. Luego volverían a su cita con el destino. ¡A salvar la Tierra o a morir por ella! ¡Hermoso fin para estos amantes de la humanidad! Solo que ellos nunca sabrían si lograron su cometido pues serían los primeros en morir tuvieran éxito o no. Se sacrificarían por la humanidad.

Tan pronto la nave se posó en tierra comenzaron los preparativos para depositar en su interior los cientos de bombas nucleares destinadas a destruir al enorme asteroide. Esta tarea no era fácil, había que realizarla con suma cautela y por gran número de personas. Mientras, la tripulación se pudo reunir con sus familiares y amigos. Fue una emotiva reunión en la que más que alegría imperó el desconsuelo, la tristeza y el llanto. Pero era una misión que había que realizar a toda costa. No era por un logro personal. Era por salvar la humanidad entera y ellos lo harían por todo el amor que sentían por su familia y por la humanidad entera. Mientras llegaba el momento de partir, esperarían serenamente junto a sus queridos familiares

XV- Los visitantes

Junio 29 del 2037. Esta fecha fue muy importante en la historia de la humanidad. A partir de esta, el destino del planeta Tierra dio un cambio imposible de describir, porque la salvación del planeta se debió seguramente a la intervención divina. No puede haber otra explicación. Mientras se llevaban a cabo los trabajos para equipar la nave U S Centauro para su misión suicida ocurrió un acontecimiento insólito que cambió para siempre el destino de nuestro querido planeta y en especial el destino de Sam Miller.

Serian alrededor de las dos de la tarde del mencionado día. Los Srs. Dean Adams, Robert Miller y Alexander Fleming se encontraban reunidos junto a Sam Miller, Sean Spencer y Paul Morris organizando los últimos detalles de la misión. En la Nasa todo era expectación, todos estaban muy excitados y el nerviosismo era la orden del día. Ya la nave estaba casi lista. Pronto sería la hora de la verdad.

Y entonces ocurrió lo inesperado. Un apagón total en las instalaciones. Fue general. Algo inaudito en un complejo como este. Al tratar de poner los sistemas de energía alternos, estos también fallaron. Ni siquiera los teléfonos estaban útiles.

---- ¿Qué sucede?

---- No sabemos Sr. pero nada funciona en la Nasa. Estamos completamente incomunicados.

----Debemos restablecer la energía rápidamente.

Todo el personal de mantenimiento trabajaba en las utilidades del complejo para resolver el problema. Pasaron cuarenta y cinco minutos y aun todo el complejo seguía incomunicado. De pronto el teléfono privado para la comunicación con el presidente de los Estados Unidos en la oficina del Sr. Adams sonó. Pero el timbre era distinto al sonido acostumbrado. El Sr. Adams activó la llamada.

---- Diga.

----Sr. Adams saludos.

La voz no era la del presidente Pendelton. Tampoco era una voz reconocida.

---- ¿Quién habla? ¿Por qué usa la línea privada del presidente?

----Para dar mayor seriedad a mis palabras Sr. Adams. Po favor, ponga el sistema de alta voz para que todas las personas que se encuentran con usted puedan oír mis palabras.

El Sr. Adams reaccionó automáticamente a las instrucciones accionando el sistema de alta voz.

---- Accionado –dijo – pero le advierto que está violando los protocolos al usar esta línea sin autorización.

----Lo entendemos Sr. Adams, pero mis propósitos al dirigirme a ustedes son sumamente importantes para que juntos, logremos salvar su planeta de la destrucción total. Ya ha visto lo que pudimos hacer con su sistema de energía eléctrica. No se preocupe, no pasa nada. Solo está en suspenso y para demostrarlo, vamos a restablecerlo inmediatamente.

Al momento la energía eléctrica y todos los sistemas volvieron a funcionar normalmente.

---- ¿Ya ve usted?

---- ¿Pero quién es usted y como puede interferir nuestros sistemas?

---- Ya le diré más adelante quienes somos. Lo importante es que estamos aquí para ayudarlos a destruir a Apocalipsis, como ustedes lo llaman. Les adelanto que deben detener su proyecto. No lograrán nada. Ese asteroide está compuesto de minerales muy concentrados y no lograrán destruirlo, Solo perderán su nave y la vida de su valiente tripulación.

----Sabemos que los perderemos pero es nuestra única manera de intentar nuestra salvación.

----Ya les dije que estamos aquí para evitar la destrucción de su planeta. Podemos destruir a Apocalipsis en cuestión de horas. Solo le pedimos que tengan confianza en nosotros.

---- ¿Pero quiénes son ustedes?

Cabe decir que esta conversación era escuchada por todas las personas reunidas en la oficina, los cuales no podían creer lo que oían, en especial Sam Miller, que estaba al parecer más intrigado que los demás. Su instinto le decía que aquella voz que escuchaba decía la verdad y que tenían que confiar en ella.

----En este momento las pantallas de sus monitores deben estar captando un objeto desconocido y estacionario en la órbita lunar. Lo están viendo porque queremos que lo vean para dar más veracidad a lo que voy a decirles.

Casi de inmediato cundió la voz de alarma en las áreas dedicadas a la observación del firmamento. Sean Spencer y Paul Morris accionaron los monitores en la oficina y pudieron ver una especie de gigantesca nave que flotaba muy cerca de la luna. Todos la miraban incrédulos. Era una nave de dimensiones colosales, mucho más grandes que las naves que llevaron a los habitantes de la Tierra hasta Gliese 667Cc.

---- ¿Son ustedes? Fue la pregunta de Dean Adams.

----Si Sr. Adams, somos nosotros, una raza de un planeta muy lejano del universo que vamos viajando en busca de civilizaciones inteligentes, como nosotros y que los hemos encontrado por simple casualidad.

----Pero Dios, esto es algo increíble. Nosotros también hemos estado por años buscando vida en el universo sin ningún éxito. ¿Y de dónde vienen?

---- Venimos de muy lejos, tan lejos que viajando a decenas de años luz tardamos quince años de su tiempo en llegar. El nombre de nuestra galaxia es la que ustedes conocen como Andrómeda o Messier 31 y también como NGC 224. Somos una raza muy antigua que al igual que ustedes, también fuimos guerreros que nos peleábamos unos con otros y esto casi nos llevó a la destrucción de nuestro hermoso planeta y por ende, a nuestra propia extinción, pero cuando nos dimos cuenta, cambiamos nuestra forma de vida. Al abolir primeramente las guerras y luego formar un solo gobierno trabajando todos por el bien común logramos un desarrollo científico enorme y logramos que nuestro planeta volviera prácticamente a renacer. Y cuando logramos la conquista del universo descubriendo nuevos planetas, nos lanzamos en busca de nuevas formas de vida y recursos. Encontramos planetas, los exploramos, pero nunca una forma de vida verdaderamente inteligente como ustedes y nosotros. La evolución del ser humano en el universo se encuentra en distintas etapas, los planetas, soles y galaxias evolucionan, pero no todos de la misma forma, no todos tienen la misma edad ni la capacidad para hacerlo.

Nuestros amigos no podían creer lo que estaban oyendo. Aquello era como un sueño. Y no era para menos. ¿Hablaban con un ser que venía desde la galaxia Andrómeda? Aquello no cabía en sus mentes.

---- ¿Y cómo nos encontraron si vienen de tan lejos? -- Preguntó Sam Miller— ¿Vinieron directamente a nosotros?

---- No amigo Sam, los encontramos por pura casualidad.

---- ¿Y cómo sabe mi nombre?

---- Ya nos conocimos Sam hemos hablado varias veces.

---- ¿Cómo? No entiendo.

---- Sencillo hace varios años que nos hemos mezclado entre su pueblo. Los estudiamos, aprendimos sus idiomas, sus costumbres y creencias. Sabemos mucho de ustedes y vimos que ya se van pareciendo a nosotros. Aunque aun son una raza belicosa que se pelea continuamente entre sí, cuando se trata de la salvación, no dudan en unirse contra un enemigo común. Este es el caso de Apocalipsis. Por eso decidimos ayudarlos y entablar comunicación con ustedes para que nos conozcan y sepan que no están solos y que vamos a ayudarlos desinteresadamente. Aun en el caso de que hubiéramos decidido no entablar relaciones amistosas con ustedes, de todas formas los salvaríamos de Apocalipsis sin que ustedes hubieran sabido de nuestra presencia y luego hubiéramos seguido nuestro viaje por el cosmos buscando nuevas civilizaciones. No podíamos permitir que una raza tan prometedora pereciera por un fenómeno natural.

----Si nos pueden ayudar y salvan nuestro planeta de la extinción, vamos a estar muy agradecidos de ustedes y además el saber que existen, que en algún punto del universo tenemos seres parecidos a nosotros, es algo maravilloso. Por años hemos tratado de entablar comunicación con una raza inteligente. Siempre consideré que era muy arrogante de nuestra parte el suponer que éramos los únicos en el universo.

----No todo el mérito es nuestro, ya les dije que los encontramos por casualidad. Sin saber pasábamos cerca de su sistema solar sin avistarlos cuando vimos su pequeña y arcaica nave viajando sin rumbo por el espacio. Más bien la detectó mi hija Karina y al ver que era de origen mecánico nos causó honda emoción y procedimos a interceptarla introduciéndola dentro de nuestra nave.

---- ¿Nuestra nave? Pero si las únicas naves que tenemos en el espacio se encuentran en la galaxia del escorpión llevando nuestros refugiados a un planeta al que llamamos Gliese 667 Cc un planeta similar a nuestra Tierra pero que está solo habitado por seres animales y hermosa vegetación.

----Si, ya exploramos ese planeta, pero al no encontrar vida inteligente no lo consideramos importante. Me refiero a una nave muy pequeña y que ya estaba bastante deteriorada que viajaba sin rumbo.

----Dios ¿Pero se estará refiriendo a una de nuestras naves Voyager? ¿Dígame como era esta nave?

---- Lo importante no era como era si no lo que encontramos adentro cuando la abrimos. Fue así como los encontramos, pues tenía en su interior la información de las coordenadas de su planeta y mucha información de sus idiomas y costumbres. Luego de aprender varios de sus idiomas nos pusimos en dirección a su planeta varios años antes de que sus naves partieran hacia Gliese 667Cc como lo llaman ustedes. Y luego de observarlos un tiempo, procedimos a visitar la Tierra sin que ustedes nos descubrieran y nos mesclamos entre la población de las grandes ciudades para familiarizarnos con sus hábitos y costumbres. Y de verdad, son ustedes una raza maravillosa que no merece perecer de forma tan trágica.

----Indudablemente encontraron a una de nuestras naves Voyager la nave laboratorio que lanzamos al espacio en el año 1977 desde Cabo Cañaveral con el propósito de estudiar los planetas que estaban en órbita exteriores de la Tierra y sus lunas y luego adentrarse en los confines del espacio.

Efectivamente en el año 1977 la Nasa lanzó al espacio dos sondas espaciales enviadas a los planetas exteriores. La Voyager 1 fue lanzada el 20 de agosto y la Voyager 2 el 5 de septiembre de 1977. Luego de estudiar los planetas de Júpiter, Saturno y Neptuno con sus lunas estas sondas estaban destinados a salir del sistema solar y seguir avanzando por los confines del universo. Llevaban en su interior un disco de oro con una selección de hora y media de duración de música proveniente de varias partes y culturas del mundo, saludos en 55 idiomas humanos, un saludo del entonces secretario general de las Naciones Unidas y el ensayo Sonidos de la Tierra, que es una mezcla de sonidos característicos del planeta. También contenía 115 imágenes donde se explicaba en lenguaje científico la localización del sistema solar y de la Tierra y características de esta y de la sociedad humana. El objetivo principal no era que el disco fuera descifrado, sino que su simple existencia pone de manifiesto la existencia de seres humanos inteligentes en un esfuerzo por contactar a otras especies inteligentes que pudieran existir fuera del sistema solar. Lo que en aquel momento el personal de la Nasa no podía imaginar era que aquellas pequeñas naves lanzadas al espacio en aquella época iban a tener tan importante rol en el futuro de la humanidad. Aquellas pequeñas naves serian la causa de la salvación del planeta Tierra.

---- Pues amigos ya que conocen de nuestra existencia quiero hacerles una invitación para que conozcan nuestra nave que es un laboratorio espacial que navega por el universo y presencien ustedes mismos los preparativos para destruir a Apocalipsis. Serán recibidos muy amablemente y así podrán conocer más datos sobre nuestra raza y nuestro modo de vida.

Los presentes se miraron fijamente y el expresidente Alexander Fleming tomó la palabra.

----Nos sentiríamos muy honrados en ser sus huéspedes y sí, todos estamos de acuerdo, solo díganos cuando vienen por nosotros. Sería una experiencia la mar de interesante para todos nosotros.

----Pueden decir ustedes cuando estén listos. Nosotros los podemos recibir cuando gusten.

---- ¿Mañana mismo?

----Sea, mañana a esta hora bajaremos por ustedes a las dos de la tarde estaremos aquí.

---- ¿Y cómo podemos llamarlo Sr.? –preguntó Sam Miller.

---- Claro, me pueden llamar por el nombre de Agatone.

---- Pues bien Sr. Agatone mañana estaremos esperando por ustedes.

----Hasta mañana entonces caballeros.

Y la larga llamada terminó. Las reacciones fueron muchas y rápidas. Aquello era algo inaudito. Parecía un sueño pero no todos podían estar soñando lo mismo. El expresidente Fleming reaccionó prontamente.

---Tenemos que poner al corriente al presidente

Naturalmente este era el paso a seguir con esta situación tan inusual. El presidente de los Estados unidos fue puesto al corriente de la situación. La reacción de la casa blanca fue de incredulidad como era de esperar, pero al ver en las pantallas de los monitores aquella imagen de la gigantesca nave, los incrédulos comenzaron a creer. Muchos demostraron alegría y otros un gran temor. El presidente quiso estar presente cuando llegaran a tierra los visitantes y partió rápidamente a la Nasa. Allí fue puesto nuevamente al corriente de toda la conversación antes narrada.

Todas las instalaciones de la Nasa fueron puestas en estado de alerta y no era para menos. Dentro de poco tiempo estarían recibiendo la visita de unas personas verdaderamente impactantes. La prensa fue puesta al corriente y pronto comenzaron a llegar periodistas de toda la nación los cuales fueron recibidos por Sam Miller quien como ya sabemos era el coordinador de todo lo que tuviera que ver con el asunto noticioso en relación al proyecto de destrucción de Apocalipsis. Demás está decir que la noticia se regó inmediatamente por toda la nación y al otro día, día de la visita de los extraterrestres, ya se sabía en casi todo el mundo. ¡Los extraterrestres vienen a salvarnos! Esos eran los titulares en todos los medios noticiosos del mundo entero. El público no podía creer esto. Sin embargo pronto el mundo entero se llenó de confianza y la esperanza, que nunca se perdió, renació en todos con más fervor. Las plegarias de todos habían sido escuchadas.

XVI- Quienes son los visitantes

Por fin llegó el tan esperado momento. Desde la nave alienígena nuestros amigos recibieron la llamada indicando que ya partían hacia la Nasa para transportarlos a la nave interplanetaria. Todos esperaban con ansias aunque algunos no escondían sus temores. El presidente Pendelton estaba junto a Dean Adams, Robert Miller, Sam Miller, Paul Morris y Sean Spencer que serían los que tomarían parte de la visita a la nave. Claro, el presidente Pendelton, por motivos de extrema seguridad, no estaría siendo parte de la visita. Pero todos estarían muy pendientes al desarrollo de esta.

Cinco minutos antes de las dos de la tarde nuestros amigos pudieron ver un objeto que salía de las nubes y se acercaba silenciosamente hasta el lugar de aterrizaje. La nave, según se acercaba pudo ser fotografiada por los periodistas y miembros del personal de la Nasa. Se parecía mucho a los transbordadores espaciales de la Tierra. Se posó suavemente en tierra y luego de estar completamente inmóvil, al poco tiempo se abrió una puerta con una escalera integrada y unas figuras fueron bajando una a una hasta llegar a cuatro personajes. Las fotos no cesaban. Aquellos personajes eran de estatura y semejanza iguales a la nuestra. Vestían unas ropas idénticas a manera de un uniforme color amarillo tenue. Estos personajes saludaron amistosamente con sus manos en alto a todos los concurrentes y se fueron acercando hasta el presidente de la nación y sus compañeros. Entonces ocurrió el acto más solemne jamás visto entre dos razas distintas de dos planetas distintos. El presidente Pendelton estrechó efusivamente la mano que le extendía el personaje que llevaba el nombre de Agatone.

---- Sean bienvenidos, amigos en este momento histórico en que dos razas distintas se unen en símbolo de amistad universal por medio de un simple apretón de manos.

---- Muy agradecido Sr. presidente por sus amables palabras y espero que esta primera vez para ambos sea el inicio de una nueva era entre dos planetas lejanos, pero casi idénticos tanto en su naturaleza como en su condición humana. Estas personas que me acompañan son mis colaboradores en esta misión que nos trajo a su mundo. Todos son científicos muy prominentes en nuestro planeta, el Sr. Krischann, el Sr. Andreu y el Sr. Adelphos y yo que soy el comandante de nuestra nave, Agatone.

El presidente Pendelton procedió a hacer las presentaciones de sus compañeros y luego de los saludos, posaron todos para las consabidas fotos de la prensa, que estarían dentro de poco en manos de todo el planeta.

Aquellos personajes en realidad no se diferenciaban en nada de los habitantes de la Tierra. Tenían la misma constitución física y su misma morfología y por esta razón, como había dicho Agatone anteriormente, se habían podido mezclar entre la población desde hacía varios años. Poco a poco fueron conociendo sus costumbres, su idioma y su desenvolvimiento social. Se habían convertido en amigos de muchos, conocían su estilo de vida y vieron que tenían una vida familiar muy parecida a la de ellos. Todo el entorno natural era como el de su planeta. Vegetación, animales, ríos, lagos, mares, montañas. Aquel planeta Tierra era como un gemelo del suyo en donde el proceso evolutivo había ido casi a la par. Naturalmente que tenían que haber diferencias ya que el planeta de estos seres era mucho más antiguo y por ende su civilización era mucho más avanzada.

La gente que se reunió en torno a los recién llegados, periodistas y empleados de la Nasa, miraban a estos con suma curiosidad, pero al verlos tan parecidos a ellos su curiosidad fue disminuyendo y muchos quisieron tomarse fotos junto a estos seres que lucían tan sencillos y amables. Y muy pronto todos se mesclaron en franca camarería. Los extranjeros eran muy locuaces y al parecer esperaban el ser tratado con tanta curiosidad.

Prontamente el presidente Pendelton invitó a los visitantes al interior de las instalaciones para poder tener más privacidad y hablar de las cosas que en verdad eran de profundo interés para los terrícolas. Pasaron a las amplias oficinas del presidente de la Nasa y una vez allí, continuaron hablando animadamente.

----Por lo visto conocen ustedes bastante de nosotros amigos, pero como es natural, nosotros no sabemos nada de ustedes y nos guastaría saber mucho de quienes son en realidad – comenzó el presidente Pendelton.

----Con mucho gusto Sr. presidente. Le contaré a grandes rasgos quienes somos. Cuando estén en nuestra nave podrán comprobar todo cuanto ahora les digo. Somos una raza de un planeta al que llamamos Kiros en la galaxia Andrómeda a miles de años luz de su planeta. Somos muy antiguos, tanto que cuando ustedes empezaban a evolucionar, ya nosotros poseíamos cierto grado de cultura superior. Pero fuimos una raza guerrera que casi nos destruimos unos a otros. Y cuando nos dimos cuenta de esto, procedimos a unirnos en una sola raza y desde ese momento volvió nuestra civilización a florecer de forma alarmante logrando la conquista del universo. Visitamos muchos planetas a lo largo y ancho de este. Nuestra nave no es la única que explora en este momento el universo. Hay varias naves por distintos rumbos. Nosotros tuvimos la suerte de encontrarlos y estamos muy felices por ello. Es un hallazgo maravilloso y nos felicitamos por ello. Queremos tener buenas relaciones de amistad con ustedes y con cualquier raza inteligente que encontremos a través de nuestro viaje por los confines del universo. Al encontrarlos aprendimos sus idiomas y costumbres y nos mezclamos entre ustedes para conocerlos mejor antes de entablar relaciones. En este momento fue que descubrimos la amenaza que puede destruir su planeta y los esfuerzos que hacen por evitar esta destrucción. Entonces decidimos que nuestra presencia les sería muy útil. Podemos evitar que Apocalipsis los destruya y aquí estamos.

----Si de verdad pueden ustedes evitar que Apocalipsis nos destruya, estaremos infinitamente agradecidos. Nos llegan ustedes bajados del cielo.

----Tengan ustedes la seguridad de que haremos todo lo necesario para asegurar la permanencia de la Tierra en su sistema solar por muchos millones de años más.

----Bueno amigos –interrumpió Sam Miller—ya tengo deseos de visitar su nave. ¿Nos vamos?

----Seguro amigos. Cuando gusten.

Se pusieron todos de pie y el presidente Pendelton lamentó mucho no poder acompañarlos en aquel momento, y nuestros amigos se dispusieron a ir con los visitantes para abordar la nave que los llevaría hasta la enorme nave que se encontraba en órbita estacionaria entre la Tierra y la Luna. Una vez a bordo la nave partió suavemente. Se elevó lentamente hasta alcanzar las nubes y siguió elevándose hasta que el azul del cielo se tornó completamente negro y se llenó de estrellas. Habían dejado la atmósfera terrestre y estaban en el espacio sideral. Sintieron como la nave alcanzaba mayor velocidad y al poco tiempo los viajeros vieron cómo se iban acercando a la enorme nave madre. Al poco tiempo una puerta se abrió en la gran nave y la pequeña nave penetró por ella. Luego la puerta se cerró nuevamente y la nave se posó con igual suavidad junto a varias otras naves idénticas que estaban posadas en aquel enorme hangar. Se abrió la puerta de salida y nuestros amigos fueron bajando ordenadamente del vehículo. Sam Miller y sus cuatro compañeros estaban por primera vez en el interior de una nave alienígena. Sus corazones latían violentamente por la emoción que sentían. Si hasta ahora habían dudado si todo aquello era un montaje, ya no dudaban. Estaban dentro de una nave espacial muy superior a las suyas y pronto iban a conocer a más seres extraterrestres como Agatone y los tres compañeros de este.

A una señal de Agatone los siguieron por un pasillo y llegaron a una especie de ascensor en el cual penetraron todos. Al poco tiempo salían del ascensor y entraban en un amplio salón iluminado por una suave luz. En el salón había varias personas todos vestidos igual que Agatone y sus compañeros. Eran estas personas de ambos sexos como pudieron notar rápidamente nuestros amigos. Agatone los miró a todos y al no ver entre las personas a su hija, dijo a uno de los presentes en el idioma de su planeta y que traducimos para entendimiento de los lectores.

---- ¿Podrías avisar a mi hija Karina que ya estamos de vuelta?

La persona a la que Agatone se dirigió hizo una leve reverencia y salió de la habitación. Entonces Agatone se dirigió a sus invitados y les dijo

----Espero disculpen pero mi hija no está entre los presentes y la mandé a buscar para presentarla a ustedes. Pronto llegará, mientras tanto, estas personas son parte esencial del manejo de esta nave y mis colaboradores en esta misión de exploración por la galaxia que ustedes llaman La Vía Láctea. Todos se saludaron amigablemente y al poco rato llegaron varias personas con unas mesitas rodantes cargadas de exquisitos manjares para el disfrute de todos.

----Vamos a comer algo para relajarnos un poco. Son nuestros invitados y en su honor hemos preparado estos alimentos. Todo el menú ha sido preparado con alimentos de su propio planeta para que no echen nada de menos. Disfrutemos.

Todos se sentaron a la mesa y de verdad disfrutaron aquella rica comida en la que no faltaba nada. Rica comida, deliciosos postres y buenas bebidas. La conversación fue variada. A los terrícolas les admiraba el conocimiento que sus anfitriones tenían de ellos. Al parecer habían estudiado muy bien toda su cultura y costumbres. Sam Miller no dudó en un momento dado en decir

----Por lo visto ya conocen ustedes muy bien nuestra raza y en cambio nosotros apenas sabemos nada de ustedes.

---- No se preocupe amigo Sam dentro de poco los vamos a introducir en nuestra civilización y nos conocerán como nosotros ya los conocemos a ustedes. Hasta nuestro idioma aprenderán si así lo desean. Tenemos una amplia biblioteca en la que podrán empaparse bien de toda nuestra historia, la cual para nuestra propia admiración, es muy parecida a la de ustedes leerán libros verán videos y nos podrán preguntar todo cuanto deseen. Todo nuestro personal está a su disposición. Si vamos a entablar relaciones diplomáticas entre nuestras razas, todo debe de ser absolutamente transparente y les aseguro que así lo será. Verán que ustedes tienen mucho que aprender de nosotros y aunque no lo crean, nosotros también hemos aprendido mucho de ustedes.

----Seguro Sr. Agatone—dijo el expresidente Fleming—pero ahora mismo lo mas que nos interesa es saber cómo lograran ustedes destruir a Apocalipsis.

----Claro Sr. Fleming tan pronto terminemos nuestra cena los llevaremos a nuestra área de defensa en donde les mostraremos las poderosas armas de destrucción que para nuestra defensa traemos con nosotros. Debo decirles que somos una raza pacífica y amante de las ciencias, los descubrimientos y la paz, pero estamos en una misión de exploración y nunca se sabe los peligros a los que nos podamos enfrentar en esta misión en que estamos. Por lo tanto debemos estar preparados para cualquier evento.

----De eso estamos muy conscientes. Nosotros apenas también estamos comenzando nuestros estudios del universo y entendemos que debe de ser muy peligroso.

----Así es Sr. Fleming

---- Y ya ve usted que cuando apenas comenzamos nuestra exploración fuera del sistema solar, se aparece Apocalipsis con su terrible amenaza.

---- ¿Saben ustedes que la presencia de Apocalipsis ha sido una bendición para su planeta?

---- ¿Una bendición?   ¿Cómo es posible decir eso?

---- Porque ha sacado afuera lo mejor de ustedes. Una raza que durante toda su historia ha estado envuelta en terribles guerras que casi los ha llevado al borde de la destrucción y, a la hora de la verdad, al verse amenazados por un enemigo común, unen todos sus conocimientos para la salvación común. ¿No es esto digno de imitarse, de admirarse?

----Quizás tenga usted razón Sr Agatone. Ante la posible destrucción de la humanidad hemos logrado si no salvar al planeta, por lo menos asegurar la salvación de la especie en otro planeta.

----Ya ven ustedes y nosotros estamos aquí no porque supimos de Apocalipsis, sino porque descubrimos una raza inteligente en un universo demasiado lejos del nuestro. Y luego de descubrir la terrible amenaza que representa Apocalipsis decidimos ayudarlos pues se merecen una segunda oportunidad. Oportunidad que no deben desperdiciar. Una vez en nuestra historia, estuvimos al borde de la destrucción, pues también éramos una raza así como ustedes, guerrera y llena de mezquindades. Vivíamos inmersos en guerras que consumían nuestros recursos y destruían poco a poco el planeta, pero un día, nos cansamos de todo eso y al darnos cuenta de que estábamos al borde de la auto destrucción, procedimos a cambiar nuestro comportamiento y logramos unir esfuerzos convirtiéndonos en una sola nación poderosa llena de sabiduría y fuimos capaces de llegar a donde estamos ahora mismo. Antes pensábamos como ustedes que éramos los únicos en este vasto universo. La falta de conocimiento nos hacía ser arrogantes. Ahora sabemos lo insignificantes que somos ante la vastedad del infinito. Ya sabemos que hay otros planetas poblados de vida inteligente, quizás miles o millones de planetas que esperan contactar civilizaciones como las de ellos o más adelantadas o quizás menos evolucionadas, pero no por ello menos capaces de llegar a ser como nosotros o mejores. Ustedes fueron los primeros. Quien sabe cuántas más encontremos.

Las palabras de aquel ser de otra civilización tan poderosa y a la misma vez tan sencilla causaban admiración en nuestros amigos. Aquellos seres que tenían una tecnología tan superior a la de ellos y que eran tan sencillos, y a la misma vez tan orgullosos de haber llegado hasta donde habían llegado, eran dignos de una profunda admiración. Todos se sentían muy emocionados al oír hablar de esta manera a Agatone. Sin embargo el entusiasmo y la admiración que aquel ser causaba, se vio disminuido prontamente ante la súbita presencia de un ser maravilloso que apareció en la sala donde todos compartían. Aquella hermosa criatura que se presentó ante todos era la hija de Agatone. El primero en verla fue Sam Miller y quedó completamente extasiado ante la increíble belleza de aquel ser que en verdad era fuera de este mundo.

XVII- Karina

Agatone se levantó de su asiento al ver a su hija y yendo hasta ella, la tomó dulcemente de su brazo y la acercó hasta los presentes.

----Caballeros—dijo—les presento a mi hija Karina, la causante de nuestra presencia aquí. De no haber sido por ella, quizás hubiéramos seguido de largo en nuestro paso por estos contornos.

Todos miraron a la linda chica sin atinar a decir una sola palabra. La presencia de aquella mujer los dejó a todos maravillados. Sam Miller pensó que sería muy difícil hallar en la Tierra un ser que pudiera igualar la belleza de aquella hermosa mujer. Para que el lector tenga una ligera idea de cómo era el físico de Karina vamos a tratar de describirla superficialmente. Aparentaba tener alguna veintena de años y era una hermosa rubia de largos y rizados cabellos que resplandecían bajo la tenue luz del salón. Su piel era blanca, casi rosada, quizás por el paso de su sangre a través de todo su cuerpo. Sus hermosos ojos eran grandes y azules, su nariz era pequeña y delicada. Su boba sensual y carnosa y su rostro un poco ovalado. Su cuerpo era esbelto con unos senos protuberantes aunque no demasiado grandes, cintura esbelta y delicada con caderas ligeramente pronunciadas. Vestía un hermoso y sensual traje de color verde claro que de verdad hacia resaltar sus hermosos atributos. Aquella mujer era simplemente hermosa. Eso pensaba Sam Miller que desde que la vio no pudo apartar su mirada de ella ni pronunciar una sola palabra. Solamente el Sr. Robert Miller pudo hablar alcanzando a decir

---- Es un placer para nosotros Srta. Estamos muy agradecidos de usted y de su Sr. padre por permitirnos conocerla. Es usted una verdadera maravilla de mujer solo igualada por las estrellas del firmamento.

----Muchas gracias Sr. Miller, es usted muy halagador. —dijo Karina con una suave y acariciadora voz.

---- No es para menos –dijo Alexander Fleming—es usted una mujer muy hermosa. Lo felicito Sr. Agatone. Tiene usted una hija maravillosa.

----Y no solo hermosa –dijo Agatone—sino inteligente. Karina es la directora del laboratorio de estudios biológicos en la nave. Y como ya saben, gracias a ella estamos nosotros aquí.

----Entonces deberemos nuestra salvación la criatura más maravillosa del universo.

----Pero no es para tanto amigos –dijo Karina — ¿No se les ocurre pensar que todo fue una casualidad el ver aquella pequeña nave volando tan cerca de nosotros?

--- ¿Bueno amigos ya que conocen a mi hija Karina que les parece si damos una vuelta por la nave y a la misma vez les explico nuestros planes para acabar con Apocalipsis?

----Si creo que será muy interesante conocer esta maravillosa nave y su método de vuelo además de ver el arma que destruirá a Apocalipsis y saber cómo funciona –dijo Alexander Fleming.

----Pues muy bien amigos todo es muy sencillo. Esta nave se mueve mediante un procedimiento que ustedes han estado a punto de desarrollar, pero que debido a la peligrosidad que representa tuvieron que dejarlo de lado. Usamos antimateria en su más alto grado de perfección. No niego que al principio también para nosotros fue un poco duro dominar la enorme fuerza destructora de este tremendo descubrimiento, pero lo logramos. Gracias a la antimateria podemos viajar a enormes velocidades por el universo y gracias al perfeccionamiento de esta, podremos destruir a Apocalipsis con suma facilidad ya que hemos logrado concentrar su fuerza en un poderoso rayo láser con una potencia asombrosa. Luego le enteraremos desde un principio como lo logramos. Debo decirles que su método de distorsionar el espacio tiempo y viajar dentro de una burbuja también ha sido extraordinario y se equipara casi al nuestro. En cuanto al arma para destruir a Apocalipsis es algo también sumamente sencillo. Les digo que esta arma es tan potente que si nos lo proponemos, podemos destruir un planeta con suma facilidad. Claro está, esto es solo en teoría, pues nunca hemos destruido un planeta, pero vamos a tener la oportunidad pronto ya que Apocalipsis es casi del tamaño de un planeta. Es más, en nuestra galaxia de Andrómeda hay estrellas que tienen orbitando a su alrededor planetas más pequeños que Apocalipsis.

----Esto es sumamente interesante y nos gustará ver como destruyen a Apocalipsis.

----Les aseguro que lo convertiremos en partículas tan pequeñas como la arena de nuestras playas.

---- ¿También tienen playas? Pregunto Sam Miller.

----Claro, y preciosas, como las de ustedes—dijo Karina.

---- ¿Y tienen satélites como nuestra luna?

----Aquí temo que le ganamos en belleza a tu planeta Sam, poseemos cinco lunas que hacen que nuestras noches sean maravillosas.

---- ¡Cuánto me gustaría ver una noche de tu planeta! ¡Pero qué lejos esta!

---- Quizás algún día nos visiten.

---- Esperamos poder darles la bien venida a nuestro planeta – interrumpió Agatone – pero ahora tenemos que cumplir con nuestra misión que es destruir a Apocalipsis.

----Así es Sr. Agatone. ¿Y cuándo será eso? Preguntó Dean Adams.

---- Aún tenemos tiempo amigo mío. Todavía nuestro enemigo está muy lejos. Mientras tanto, si lo desean, les daremos una demostración del poder de nuestra arma destruyendo varios de esos molestos asteroides que de vez en cuando se salen de sus orbitas y pasan peligrosamente cerca de su planeta.

---- ¿Se refiere al cinturón de asteroides entre Marte y Júpiter?

----Exactamente. Así podrán comprobar la efectividad del poder de nuestro potente rayo láser.

---- Será interesante ver como lo hacen. ¿Verdad Sr. presidente? —dijo Sean Spencer

----Seguro Sean nos gustaría mucho presenciar una guerra espacial contra los asteroides.

---- Pues sea, partamos en nuestra nave y llegaremos en menos de una hora hasta las cercanías del cinturón de asteroides. Mientras, seguiremos nuestro recorrido por la nave.

----Si, será muy interesante conocer esta maravillosa nave. – dijo Alexander Fleming.

----Una pregunta Sr. Agatone dijo Sam Miller--¿Tienen medios informativos en su planeta como los nuestros? Ya sabe usted que soy periodista y me gustaría saber si puedo informar a mis lectores todo lo que vea en esta nave.

--- Claro Sam en nuestro planeta tenemos muy buenos medios informativos parecidos a los de ustedes. Y no nos molesta que hagas medios noticiosos para tu público. Es más voy a pedirle a Karina que sea tu enlace en la nave para que te de toda la información que necesites ya que veo que han tenido muy buena comunicación entre ambos.

---- Muchas gracias Sr. alcanzó a decir Sam verdaderamente entusiasmado.

----Gracias padre—dijo a su vez Karina – trataré de satisfacer la curiosidad de Sam hasta donde sea posible.

---- Pues los dejamos para que comiencen desde ahora si gustan. Mientras nosotros seguimos viendo la nave.

Todos se levantaron y salieron. En el salón quedaron Sam y Karina que alcanzaron a oír las instrucciones dadas por Agatone a su segundo al mando

---- Adelphos, pongan rumbo al cinturón de asteroides, pero sin mucha velocidad, danos por lo menos una hora para que nuestros amigos puedan disfrutar de la nave.

----Si Sr. Contestó Adelphos.

Sam Miller contemplaba extasiado a la hermosa mujer que estaba sentada a su lado. Ella también lo miraba con un poco de curiosidad.

---- ¿Son como tu todas las chicas en tu planeta?

---- ¿Y cómo soy yo?

---- Así de hermosas.

---- No, yo soy la más bella.

---- Que tonto soy, debí suponerlo.

----Si, eres tonto.

Karina sonrió alegremente y volvió a decir.

---- Las chicas de mi planeta son idénticas a las del tuyo. Las hay muy lindas y menos lindas, pero no feas.

---- Pues entonces tú debes estar entre las más bellas.

---- ¿De verdad crees que soy bonita?

---- ¡Dios, eres increíblemente bella!

---- Me alagas demasiado. Creo que soy una chica normal como todas.

---- Al menos no para mí. ¿Eres casada?

---- ¿Llamas casada tener una pareja a tu lado y tener hijos?

---- Claro. ¿No se casan ustedes como aquí en la Tierra?

----Si, cuando un chico se interesa por una chica, la corteja y si ella se siente atraída, pues lo acepta y forman una pareja. Se casan como tú dices y viven a parte de sus familiares.

---- ¿Ya veo, pero eres casada?

---- Por supuesto que no. ¿Y tú?

---- Yo tampoco lo soy. ¿Pero porque tú siendo tan hermosa no te has casado? Debes de tener muchos pretendientes entre tu gente.

---- No lo sé, todavía no me he fijado en ningún varón de mi pueblo.

---- ¿Nunca?

---- No, hasta ahora

---- ¿Y por qué hasta ahora?

----No lo sé, nunca me había enamorado de ningún chico de mi planeta.

---- ¿Y nunca has pensado en tener una familia? ¿Un esposo y muchos niños?

----Pues claro, pero hasta ahora no había puesto interés en ello.

---- Perdona tantas preguntas, pero es que tú me haces sentir raro, desde que te vi supe que algo cambio en mi vida para siempre. ¿Sabes algo? Mi tía Martha siempre está preguntándome que cuando pienso formar una familia y darle "nietos," según ella y yo, por salir del paso, le decía que la mujer de mi vida no era de este mundo. Y en realidad no sabía cuanta verdad había en mis palabras, porque después de haberte visto estoy seriamente convencido de que encontré a la mujer de mi vida. Y eso me hace sentir muy feliz y a la misma vez muy desdichado.

--- Hablas muy bonito, pero no entiendo cómo puedes sentir a la misma vez dos sentimientos tan distintos.

---- Es que el amor llegó a mí así, de improviso, cuando menos lo esperaba y no sé si a esa chica le ha pasado lo mismo que a mí.

----Es probable. Yo tampoco me había enamorado nunca. Siempre había estado inmersa en mi trabajo y no tenía tiempo para eso.

----Igual me pasaba a mí. Mi trabajo como periodista me fascina y en realidad no pensaba en el amor, aunque últimamente me sentía muy raro. La mayoría de mis amigos se habían casado y ya no tenía casi con quien salir a divertirme y había pensado que ya era hora de casarme también.

---- ¿Y ya tenías candidata?

----No. La única era mi prima Elenita y se cansó de esperar y se casó con otro.

----Perdiste la oportunidad.

---- Quizás, pero no me arrepiento. ¿Has bajado a la Tierra? ¿La conoces ya?

---- Si una vez fui con una delegación para estudiar su comportamiento en sociedad y aprender sus costumbres.

---- ¿Te gusto? Supongo que conociste a muchas personas.

----Claro y ustedes no se diferencian gran cosa de nosotros. Lo que me hace pensar que si estuvieras en mi planeta te gustará mucho.

---- ¿Me invitas?

----Es lejos.

----Creo que por ti iría hasta el fin del universo pero ya que tu estas en mi planeta, me gustaría invitarte para que conozcas a mi tía Martha. Es la esposa del Sr. Robert Miller, que también es mi tío y yo la quiero mucho, como si fuera mi madre.

---- Si quieres que vaya contigo, me gustaría mucho conocerla.

----Pues claro que quiero, ella es lo más cercano a una madre que tengo, pues mi madre murió junto con mi padre en un accidente de autos y mis tíos me terminaron de criar y educar. Tengo mucho que agradecerles a los dos.

En eso entró al salón una persona para informar que ya habían llegado a la zona de los asteroides y Agatone los invitaba a ver cómo funcionaba el arma con la que destruirían a Apocalipsis. Sam y Karina le siguieron.

XVIII- Un espectáculo fascinante

Durante el tiempo que duró la pasada conversación Agatone y sus compañeros mostraron prácticamente toda la nave a nuestros amigos los cuales quedaron muy complacidos. También les mostraron la terrible arma de rayos láser que usarían para destruir a Apocalipsis y que pronto estarían probando en el cinturón de asteroides entre las órbitas de Júpiter y Marte.

Según se acercaban al cinturón de asteroides podían observar por los cristales de las escotillas de la nave la gran cantidad de asteroides que pasaban frente a ellos. El Sr. Dean Adams explicó a los presentes en pocas palabras que era en verdad el cinturón de asteroides.

---- El cinturón de asteroides es una zona del sistema solar que se encuentra entre las órbitas de Marte y Júpiter donde se hallan multitud de cuerpos celestes denominados asteroides o planetas menores y donde también se ubica el planeta enano Ceres. Todos los cuerpos que forman este cinturón orbitan en el mismo sentido que los planetas con periodos orbitales que van desde los tres años y medio hasta los seis años. Más de la mitad de la masa total de este cinturón está contenida en los cinco objetos de mayor masa que son Ceres, Palas, Vesta, Guía y Juno. Y el resto se reparte entre los más de seis cientos mil objetos que se estima contiene este cinturón cosa que da a entender de que la mayoría de estos cuerpos tienen dimensiones de grandes piedras o incluso menores. Se tiene constancia de al menos mil asteroides cuyo radio es mayor de quince kilómetros y se estima que el cinturón podría albergar más de medio millón de asteroides con radios de entre uno a seis kilómetros.

---- Si muy interesante. ¿Y sabemos cómo se formaron estos asteroides? Preguntó Agatone.

----Hay varias teorías siendo la más probable que pueden haber sido producto de un planeta en esa órbita que estallara o que sean residuos de la formación del sistema solar. Lo importante es que están ahí y a veces cuando colisionan unos con otros, se salen de sus órbitas y pueden colisionar con otros planetas incluyendo a la Tierra.

----El universo es muy bonito y a la misma vez muy peligroso.

---- Pues aquí estamos para demostrarles cómo funciona nuestra poderosa arma.

----Pues comencemos-- dijo Alexander Fleming.

----Si, pero por favor, respetemos a Ceres. Es el mayor y se merece seguir ahí – dijo Sean Spencer.

---- Pues respetaremos a Ceres – dijo Agatone – Krischann, por favor avísale a Alcander que puede comenzar a usar el rayo contra los asteroides, pero que no dispare contra Ceres, si lo avista, es el más grande de todos.

---- Bien Sr.

Krischann salió del salón y al rato volvió una vez impartidas las instrucciones de Agatone. Todos permanecían atentos al espectáculo que pronto tendrían ante su vista. Pocos minutos después la nave se fue adentrando ente la masa de asteroides y de pronto de varios sitios de esta comenzaron a salir unos brillantes rallos que se estrellaban contra las rocas a las que iban dirigidos haciendo que estas estallaran rápidamente. Uno tras otro, decenas de pequeños asteroides estallaban silenciosamente convirtiéndose en polvo cósmico. Aquel espectáculo era difícil de describir, parecía como si fuera un juego electrónico de los que jugaban los niños en los años de principios del siglo 21, o las películas de la guerra de las galaxias. Aquel espectáculo duró más de media hora y los rallos que salían de la nave se sucedían uno tras otro con precisión certera. Cientos de pequeños asteroides fueron pulverizados sin ningún problema, verdaderamente aquella arma era muy efectiva. Finalmente la función terminó. Todos estaban maravillados del espectáculo.

---- ¿Qué les pareció? —preguntó Agatone.

----Sencillamente espectacular. –dijo Dean Adams— ¿Pero será igual con Apocalipsis?

----No será tan fácil, pero si le aseguro que será más espectacular. Apocalipsis no será fácil. Es una enorme roca con un denso núcleo de hierro y requerirá una enorme potencia de nuestras armas para destruirlo, pero una vez que le disparemos y esos rallos estén continuamente sobre él, les aseguro que no durará mucho tiempo sin estallar en miles de pedazos.

----Esperamos que así suceda amigo. Nos jugamos el futuro de nuestro planeta.

---- Confíe en nosotros, esta pesadilla tan larga tendrá un final feliz, se lo aseguro. Ahora solo nos resta hacer unos cuantos ajustes a nuestras armas para darle más potencia y cargar contra Apocalipsis todavía tenemos tiempo suficiente.

----Gracias Sr. Agatone no sabe usted lo agradecido que estaremos con su bendita presencia en nuestro planeta. Ahora creo que debemos regresar a la Tierra para llevar nuestras impresiones a los líderes de nuestro planeta.

----Seguro amigo los llevaremos cuanto antes y las veces que quieran visitarnos de nuevo estaremos muy felices de compartir con ustedes.

----Será un placer volver a su nave y cuando quieran bajar a nuestro planeta los recibiremos con mucho placer.

---- Sabemos que sí.

----Un momento—dijo Sam Miller yo creo que si el Sr. Agatone no tiene inconveniente debo quedarme en la nave un tiempo para llevar a mi periódico y los noticiarios todos los preparativos para acabar con Apocalipsis.

----Claro que si Sam estarás aquí como en tu casa. Podrás informar todo cuanto quieras.

----Muchas gracias Sr. Agatone.

---- Bien Sam puedes permanecer en la nave si así lo prefieres.

---- Gracias Sr. Adams. Nos mantendremos comunicados.

Puestos todos de acuerdo la nave partió rumbo a la Tierra y poco tiempo después una nave transbordadora dejaba a nuestros amigos en tierra. Solo Sam Miller quedaba en la nave madre.

Una vez en tierra en las instalaciones de la Nasa nuestros amigos aun no podían creer todas las maravillas que habían estado pasando durante los últimos días. Pero de nuevo el futuro volvía a sonreír para los habitantes del planeta Tierra y había que celebrarlo con los familiares. Por lo tanto Robert Miller decidió que ya era hora de volver a su casa después de un tiempo inmerso en tantos problemas que parecían imposibles de resolver y que tan milagrosamente pronto llegarían al final. Se despidió de sus compañeros y tomó el camino a su casa.

Cuando llegó Martha estaba muy inquieta, pensando en todo lo que estaba pasando. Ahora Robert quizás la pondría al tanto, pensó.

---- Robert por fin llegas más parece que vives en la Nasa que en tu casa.

---- No te preocupes Martha gracias a Dios que todo se ha resuelto y dentro de poco Apocalipsis solo será historia pasando por nuestras vidas sin pena ni gloria. Lo vamos a destruir en poco tiempo.

---- ¿Si, pero que es eso de marcianos que nos visitan? ¡Estoy tan preocupada!

---- Esa es la historia más maravillosa que pueda contarte Martha y no son marcianos. Son seres inteligentes de un planeta muy lejano que exploraban nuestro universo y al descubrir que estábamos a punto de colisionar con un asteroide, decidieron ayudarnos y nos han demostrado como lo harán. Estuve en su nave y me convencieron de sus buenas intenciones. Y precisamente. Allá arriba en la nave de nuestros amigos visitantes dejé a Sam para que sirva de enlace con la prensa en los preparativos para destruir a Apocalipsis. Vamos a realizar transmisiones a todo el mundo en vivo de este acontecimiento. Todo el planeta podrá ver como nuestros amigos extraterrestres destruyen a Apocalipsis. Y además te tengo otra sorpresa, creo que Sam por fin se enamoró.

---- ¿Cómo? No es posible ¿Y de quién? ¿De una marciana?

---- No Martha, de una chica que es la mujer más bella que puedas imaginar. Una chica del planeta Kiron, que es el planeta de dónde vienen estos amigos. Pero déjame seguirte contando.

Y Robert Miller contó a Martha toda aquella maravillosa historia que se presagiaba tendría un final tan feliz.

XIX- Sam y Karina – Karina y Sam

Por medio de Karina Sam Miller quería conocer a aquella civilización de seres que venían de tan lejos, de la galaxia de Andrómeda que se encuentra a unos 1.5 millones de años luz de la Tierra. Para Sam era extraordinario el estar hablando de una forma tan natural en aquel momento con un ser proveniente de un mundo tan lejano. En aquel momento estaban sentados en un hermoso salón lleno de hermosas esculturas y cuadros de extraordinaria belleza. Era la sala de recogimiento de Karina donde esta tomaba sus horas de reposo. Charlaban animadamente recostados en cómodos asientos. A Sam le llamaba mucho la atención la decoración de la habitación ya que le recordaba a civilizaciones pasadas de su planeta.

----Mi raza es muy devota de las obras arquitectónicas y pictóricas. Tenemos muchos artistas antiguos y modernos. Yo en realidad amo la arquitectura antigua. Las estatuas que vez aquí son de personas destacadas en la antigüedad y en la historia de mi planeta al igual que los cuadros, que son de paisajes de mi país. Supongo que ustedes también tienen muchas obras antiguas que conservan como nosotros en museos públicos y privados.

---- Si y me llama mucho la atención el parecido que tienen con nosotros en algunos casos.

----Al parecer nuestras culturas llevaron un desarrollo evolutivo muy parecido. Estuve estudiando su evolución también en la medicina y veo que han logrado unos avances casi a la par con los nuestros.

---- ¿Tú crees?

----Si, te digo que tienen bastante similitud con nosotros en muchas ramas de la ciencia. Es solo en el aspecto político social donde variamos mucho.

---- ¿Cómo es tu forma de gobierno?

---- Bueno ustedes están divididos por pueblos, razas y costumbres, lo que los lleva siempre a estar encontrados unos a con otros llegando muchas veces a guerras que son innecesarias. Nosotros tenemos un solo gobierno y pueblo para todo el planeta, el cual es dirigido, no por un líder absoluto, si no, por un consejo de científicos ancianos y sabios. Logramos abolir las guerras, todos somos iguales. No acaparamos las riquezas para unos pocos, lo que provocaría que otra parte de la población carezca de medios. Yo no me creo la persona adecuada para hablarte de esto porque siempre estoy de lleno en mis labores, pero mi padre si es un experto en estos temas y quizás en un futuro el sea parte de ese consejo de sabios que gobierna el planeta. Solo te puedo asegurar que en otra época también nos peleábamos entre si y casi llegamos a destruir el planeta. Pero superamos esa condición y ahora nuestro planeta es muy feliz y progresista.

---- ¿Y cómo son las familias en tu planeta?

----Pues muy parecidas al tuyo. Nos casamos, tenemos hijos a los que cuidamos, educamos y queremos. Ya sabes, esto es un sentimiento innato en todos los seres vivos, es la forma de conservar la especie.

----Pues si somos tan afines faltaría ver si somos de la misma especie evolutiva.

---- ¿Te refieres a si somos como ustedes se clasifican, Homo Sapiens?

----Pues sí, si somos iguales físicamente en todo. Si nuestros genes son compatibles.

----Cuando los encontramos y comenzamos a estudiarlos pudimos comprobar que somos exactamente iguales en todos los aspectos físicos. Solo nos diferenciamos en nuestro grado cultural y eso es algo que se aprende y asimila con las relaciones entre una raza y otra.

----Seguro y una unión entre dos seres de nuestros mundos sería algo natural si entablamos relaciones de cualquier tipo.

---- ¿No es lo que pasa en tu planeta todo el tiempo?

---- Si creo que sí, pero nunca ha pasado entre dos seres de distintos planetas.

----Porque nunca había habido ese encuentro.

----Pero ya lo hubo.

---- Si.

---- ¿Y estarías dispuesta a ser tú la primera en hacerlo?

---- ¿Y con quién? ¿Me estas proponiendo que sea tu mujer?

Sam Miller ya no pudo contenerse por más tiempo. Se acercó más a Karina, la tomó en sus brazos y la beso tiernamente. Ambos sellaron con aquel beso la primera unión entre dos razas de mundos tan distintos y lejanos.

Justamente en aquel momento entró en la salita la persona que menos esperaban ver nuestros enamorados. Era Agatone, el padre de Karina y a la misma vez el comandante supremo de aquella maravillosa nave. Agatone se quedó mirándolos con mucha curiosidad, pero como ya estaba allí, no le quedó más remedio que decir

---- ¿Interrumpo?

Ambos lo miraron turbados y sin saber que decir. Sam Miller alcanzó a decir

---- Lo siento Sr. Agatone, no sé cómo pueda interpretar usted esto.

---- No tienes que explicar nada Sam desde que vi cómo se miraron cuando los presenté supe que esto pasaría y me alegra mucho no por ti, si no por mi hija, que ya creí que nunca se enamoraría.

----Pues por fin sucedió padre.

---- Si hija y fue muy valiente de tu parte dejar que fuera Sam quien se decidiera primero. Sam, en nuestro planeta, contrario al tuyo, son las mujeres quienes escogen a sus maridos y ningún hombre puede cortejar a una chica si esta no se lo permite.

---- ¿O sea que fue ella quien me escogió a mí?

----Correcto Sam dijo Karina pero ya sabía que tu sentías lo mismo que yo.

----Entonces Sr. Agatone, ¿No tiene usted ningún inconveniente?

---- Ninguno Sam, Karina es mi hija, pero en nuestro planeta las hijas eligen a sus esposos cuando tienen edad para hacerlo.

----Veo que tengo todavía que aprender mucho de sus costumbres.

---- Ya tendrás tiempo Sam.

---- Bueno Sam venia para decirte que ya casi estamos listos para enfrentarnos a Apocalipsis y cuando ustedes nos indiquen cargamos contra este.

----Ese será un evento digno de ver y mis compañeros querrán estar en la nave cuando ocurra. Y ya que estamos listos me gustaría informarlo a nuestros gobiernos para coordinarlo y transmitirlo al mundo entero.

----Será como ustedes lo quieran Sam.

---- Y a la misma vez invitarlo para que valla con nosotros a conocer a mi familia. Solo a mi tía Martha porque a mi tío Robert ya lo conoce.

---- Será un placer Sam. Tú dices cuando.

---- ¿Le parece mañana en la mañana?

---- Perfecto Sam mañana en la mañana.

Al otro día Sam, Karina y Agatone estaban listos para bajar a tierra y visitar a la familia de este en su casa. Primero estarían en la Nasa y de allí partirían a casa de Robert Miller. Durante la noche anterior Sam se había puesto de acuerdo con su tío Robert para informarle de la visita. Naturalmente la tía Martha no sabía que Karina sería el personaje y la causa principal de la visita. Indudablemente que se llevaría la sorpresa de su vida.

Al llegar a las facilidades de la Nasa la nave de Agatone y sus acompañantes estos fueron recibidos cálidamente. La belleza de Karina causó mucha impresión entre los presentes y mucho más cuando se supo que ya estaba comprometida con el sobrino de Robert Miller. Allí en la Nasa se planeó la estrategia a seguir para destruir a Apocalipsis. El plan era llegar en la nave madre hasta alcanzar al asteroide y una vez en las cercanías de este, varias naves saldrían de la nave madre cargadas con el arma de destrucción y se colocarían en sitios estratégicos desde donde dispararían sus destructores rayos hasta provocar su desintegración. Toda esta operación sería captada por cámaras y transmitida a tierra para que el mundo entero viera como el poderoso enemigo era destruido. La operación fue planeada para dentro de una semana. Mientras tanto en la Tierra se estarían preparando para el espectáculo.

De la Nasa partieron nuestros amigos hasta el hogar de Robert Miller en automóvil. El viaje era cómodo y los ocupantes iban llenos de alegría porque ya se vislumbraba un final feliz para todos. Robert Miller conducía el automóvil y a su lado iba Agatone que disfrutaba el paisaje. En la parte trasera del vehículo iban Sam y Karina muy juntos y haciendo los planes que siempre hacen los enamorados cuando planean su próxima boda.

Pronto llegaron a la residencia de Robert Miller. La tía Martha los esperaba llena de una gran curiosidad y cuando entraron en la casa sus miradas fueron primero para Karina y luego para Sam. Su asombro no tuvo límites al ver a la chica. En verdad que era linda y Sam no había podido hacer mejor elección.

----Buenos días, tía Martha ya estamos aquí y quiero que conozcas a Karina, la que pronto también será tu sobrina, pues tan pronto acabemos con Apocalipsis, nos casaremos.

---- ¡Dios pero que chica tan hermosa Sam! Bienvenida a nuestra familia Karina desde ahora mismo ya eres mi querida sobrina. Y tu Sam que bien supiste escoger. Te felicito.

---- Gracias tía y este Sr. es el padre de mi novia. Su nombre es Agatone y gracias a su presencia aquí, le deberemos dentro de poco, la salvación de nuestro planeta.

Nuestros amigos estuvieron conversando largo tiempo. Almorzaron y en un momento dado salieron a relucir las conversaciones de la tía Martha con Sam acerca de cuándo sería el momento en que este se casaría y las respuestas que Sam le daba.

---- Y siempre me decía que la mujer de su vida no era de este mundo y que cuando apareciera se casarían y pasarían su luna de miel en la luna.

----Bueno –dijo Sam – al menos la novia no es de este planeta. Lo de pasar la luna de miel en la luna, lo podemos pasar por alto.

---- Si Sam, con que te cases será suficiente y me des muchos nietos.

----Pero tía, vas muy de prisa.

---- Yo creo que lo de la luna de miel también lo podemos resolver—interrumpió el Sr. Agatone—será fácil acondicionar un espacio en la luna para que nuestros hijos se sientan cómodos en ella por unos días.

---- ¿Como también pueden hacer eso? –preguntó Robert Miller

---- Claro amigos, será fácil mediante una burbuja con una atmósfera acondicionada el dejar que nuestros hijos pasen tranquilos y solos sus primeros días de casados. Claro, no tan solos, por que tendrán un grupo de amigos a cargo de su seguridad y comodidad.

----Bueno, pero si no pedimos tanto.

----Ni hablar, ese será nuestro regalo de bodas, su estadía en la luna por una semana.

---- Pero eso sería algo maravilloso –dijo –la tía Martha. Hasta yo querría pasar unos días en la luna con Robert.

----Si ya veo después de viejos, una luna de miel en la luna. Suena bonito, pero conmigo no cuentes Martha y además, te puedes enfermar con tus alergias.

---- Si Robert mejor nos quedamos acá. Eso es solo para jóvenes – dijo Martha medio enojada.

Y todos rieron alegremente.

XX- El fin de apocalipsis

La operación contra Apocalipsis había sido programada para dentro de una semana. Demás está decir que el proyecto de la Nasa de atacar al asteroide con armas atómicas, destruyendo la nave U S Centauro de paso, había sido suspendido ante la seguridad que daban los kironianos de la efectividad de sus armas. Además los terrícolas ya habían tenido una demostración viendo como destruían muchos de los enormes asteroides que se encuentran entre las órbitas de Marte y Júpiter. Por otro lado, aún faltaban poco más de seis meses para que Apocalipsis llegara a su encuentro con la Tierra y si los kironianos fallaban, les quedaría ese último recurso.

Mientras tanto, Apocalipsis seguía acercándose al planeta Tierra con precisión matemática. Los telescopios de todo el planeta y los aficionados lo podían ver fácilmente. Pero esta vez ya no lo observaban con tanto terror y si más bien con admiración, porque era impresionante ver aquel nuevo astro en las cercanías de la Tierra ya casi del tamaño de la luna llena. En todo el planeta se respiraba una atmósfera de confianza. La presencia de los kironianos les trajo esa confianza. Aquella gente de otro planeta fue aceptada como si los hubieran estado esperando. Eran la respuesta a sus plegarias, muchos afirmaban que habían sido enviados por Dios. La confianza en ellos era absoluta. Todos los gobiernos del mundo se querían reunir con estos seres que eran tan sencillos y amables con todos. Pero la prioridad era destruir Apocalipsis, luego vendrían las reuniones y celebraciones.

No nos olvidemos de aquellas 63 naves que viajaban hacia la colonia de Gliese 667Cc y que llegarían dos años después de que la Tierra fuera destruida si finalmente esto sucediera. El viaje se llevaba a cabo sin problemas. Desde la Tierra no se les había informado nada para no causar falsas expectativas. Era mejor esperar el final y ver qué pasaría en realidad. Tampoco la colonia había sido puesta al corriente de todos estos acontecimientos. Cuando todo pasara y la Tierra estuviera segura, los que quisieran podrían volver a su querida Tierra con los familiares que dejaron atrás. Pero Gliese era muy prometedor y aunque no se pudiera colonizar completamente, tenía suficiente espacio para albergar varios cientos de miles de colonos, quizás hasta millones. Todo sería cuestión de gustos. Y pronto entre la Tierra y Gliese se podría establecer un lucrativo comercio que sería muy favorable para ambos planetas.

La actividad en la nave de los kironianos era constante. Los preparativos se llevaban a cabo eficientemente. Cuatro naves transbordadoras fueron preparadas y equipadas con las armas de rayos láser, luego de estas armas haber sido ajustadas a su máxima capacidad de potencia. El terrible asteroide seria atacado sin piedad por aquellos rayos de antimateria. Cuando todo pasara, de Apocalipsis solo quedaría el trágico recuerdo.

En la Tierra todo era entusiasmo. En todos los países del globo se esperaba con alegría el ansiado momento de la destrucción de Apocalipsis. Este era el tema de conversación de todos. En los grandes centros de las ciudades se apostaron en sitios estratégicos enormes monitores para que el público pudiera ver el momento en que Apocalipsis dejara de ser una amenaza para la Tierra. Los periódicos y los medios informativos de todo el mundo solo hablaban de este gran acontecimiento, eran informados paso a paso por su corresponsal desde primera fila, Sam Miller.

Pero pronto se corrió otra noticia que amenazó con sacar de las primeras planas la próxima destrucción de Apocalipsis. Esta noticia fue la boda de Sam Miller y la hermosa Karina. Y no era para menos. Sería la primera vez en la historia de ambas razas que sucedía un acontecimiento así. ¡Una boda interplanetaria! ¡Y en la Tierra! Este acontecimiento sin precedentes cautivó a todos por igual, y ya todos los chicos y chicas casaderos de la Tierra se preguntaban si todos los kironianos eran tan guapos como Karina. De ser así, no había dudas de que en un futuro próximo habría muchas bodas entre kironianos y terrícolas. Las chicas de la Tierra envidiaban a Karina. Y no porque Sam fuera el más guapo de los hombres del planeta, si no, por el sitio escogido para pasar su luna de miel. ¿Puede alguna chica del planeta haber soñado semejante luna de miel? Indudablemente este evento se pondría muy de moda en la Tierra dentro de poco tiempo. Ya había muchos empresarios soñando con La construcción de elegantes hoteles en la luna para estos fines.

Así es la naturaleza del ser humano. Apenas unas semanas atrás todo era pesimismo y angustia en el planeta. Ahora sin haber terminado con la amenaza de Apocalipsis, ya pensaban en el resurgimiento de la humanidad y esta vez, con más fuerza. El ser humano, la criatura más ambiciosa sobre el planeta Tierra. Pero por ser esa la naturaleza nuestra, hemos sido capaces de tan extraordinarias proezas a lo largo de nuestra historia.

Finalmente los preparativos para destruir a Apocalipsis habían sido terminados. Al otro día la nave madre partiría al encuentro con el terrible asteroide. Junto con los kironianos estarían nuestros amigos Sam Miller, Dean Adams, Alexander Fleming, Robert Miller, Sean Spencer y Paul Morris. Todos tendrían asientos de primera fila frente a la nave para ver las operaciones desde una distancia prudente. El procedimiento no dejaba de tener riesgos para todos pues cuando el asteroide fuera atacado, podrían desprenderse de este, pedazos de roca más o menos grandes que podrían impactar alguna de las naves con trágicas consecuencias.

También la nave U S Centauro estaría viajando hacia el asteroide con su mortal carga de explosivos. Tenían la misión secreta, que los kironianos no sabían, que si estos fallaban, entonces la nave se estrellaría contra Apocalipsis. Tendrían una segunda oportunidad para destruirlo. Si esta segunda alternativa también fallaba, entonces sí que todo estaba perdido.

La noche anterior al encuentro con el asteroide asesino fue dedicada por los terrícolas a la observación de este en su viaje hacia el planeta. Los aficionados lo observaban con sus lentes. Pero las imágenes captadas por el James Webb y por el Hubble eran transmitidas a los monitores que al otro día se usarían para ver la operación de destrucción y se podía ver al enorme asteroide en su viaje sideral. Aquellas vistas eran impresionantes y aun con la seguridad que tenían todos, que este asteroide seria destruido, seguían sintiendo un profundo temor por este. Si la operación fallara, entonces la destrucción de la Tierra sería inminente y a la Tierra le quedaría menos de seis meses de vida.

Y entonces ese tiempo de espera sería un verdadero tormento hasta que llegara el final.

Esa terrible noche los terrícolas también abarrotaron las iglesias para pedirle al Todo Poderoso por el éxito de la operación y la salvación de su planeta. Todos los países del mundo unidos en oración, en una sola nación sin importar colores, condición social ni religiones. Era un solo pueblo que pedía por su salvación. Siete mil millones de seres humanos unidos en un abrazo y en una esperanza. Difícilmente alguien hubiera podido dormir aquella noche.

Nuestros amigos decidieron instalarse en la nave de los kironianos durante esa noche para partir temprano en la mañana. Algunos de ellos como Sean Spencer y Paul Morris compartían con la tripulación de la nave. Sam y Karina hablaban aparte y Robert Miller, Dean Adams y Alexander Fleming compartían con Agatone y algunos oficiales de la nave.

---- No deben preocuparse, ese asteroide será destruido mañana -- les decía Agatone.

---- Pero siempre existe la posibilidad de que algo salga mal y Apocalipsis no sea destruido del todo.

----Si eso pasara podrían pasar varias cosas. Primero que seguiríamos insistiendo en su destrucción. Sabemos que este asteroide tiene un enorme y solido núcleo de hierro y aunque sé que nos dará trabajo, lograremos derretirlo como si fuera hielo. Por otro lado si no lo logramos la primera vez, seguiremos insistiendo hasta lograrlo. Si se rompe en pedazos, entonces veríamos que dirección toma cada partícula que de él quede y detectar si aun la Tierra corriera peligro y de ser así, continuaríamos atacando cada partícula hasta que no quede nada de estas.

----Pues por lo visto hay varios posibles escenarios que podrían pasar, pero que aminorarían el peligro para la Tierra.

----Indudablemente y en cualquiera que sea el caso, nosotros estaríamos con ustedes hasta el final.

---- Oh eso es muy amable de su parte Agatone – dijo Robert Miller.

----Ya saben que pronto seremos una sola raza. Al unirse nuestros hijos en matrimonio, unirán a dos razas, a dos civilizaciones que antes no se conocían, que ni siquiera sabían que existían. Conocerlos a ustedes ha sido el logro más grande de nuestra civilización.

----Si, un logro que nosotros también compartimos con mucho orgullo y agradecimiento, porque al llegar ustedes, ha sido la certeza para nosotros de que allá, en algún lado de ese cielo que todos compartimos, existe un verdadero Dios que cuida por todos sus hijos.

---- Quien sabe si a través de ustedes lograremos nosotros, siguiendo su ejemplo, la paz entre nuestros pueblos para siempre y también podamos abolir las guerras que tanto nos destruyen unos a otros. – dijo Alexander Fleming.

---Y ese sería el verdadero logro hacia la salvación de su civilización y del planeta entero. Y cuando, dentro de poco tiempo, ustedes tengan la oportunidad de viajar a nuestro planeta, lo más seguro será que nuestras razas estarán más hermanadas.

----Esperamos que eso ocurra pronto amigo Agatone.

----Llegará el momento en que nuestros conocimientos tecnológicos serán compartidos con ustedes y pronto estarán a la par con nosotros.

----Cuando eso pase amigo mío, espero que sepamos hacer buen uso de esos vastos conocimientos.

---- Pues descansemos un rato. El día de mañana promete ser un día lleno de emociones.

----Si, será el día más importante para la civilización humana.

Nuestros amigos se retiraron a descansar unas horas y pronto la nave estuvo en completa calma.

Al otro día desde temprano se reanudaron las labores en la nave. Pronto todo estuvo listo para alcanzar al asteroide y destruirlo. Luego de un agradable desayuno la nave partió a velocidad moderada alejándose lentamente de la Tierra en dirección al terrible asteroide. Luego alcanzó mayor velocidad y cuando alcanzó a sobrepasar la velocidad súper lumínica ya los viajeros no veían nada del espacio exterior. Solo un destello de luz blanca, sin rastros de estrellas, mientras dejaban atrás la más absoluta oscuridad. Nuestros amigos solo sabían que dentro de la nave todo era normal, aunque la nave viajaba a una velocidad imposible de imaginar ellos no sentían ninguna molestia física.

Y en un momento dado la nave salió del híper espacio volviendo a velocidad normal. Entonces los viajeros pudieron volver a ver la negrura del espacio lleno de estrellas y más adelante una masa enorme rodeada de una especie de niebla tenue. Era el enorme asteroide al cual llamaron apocalipsis y que viajaba a gran velocidad.

----Ahí lo tienen amigos, ese es Apocalipsis les dijo Agatone.

Todos miraban a aquella enorme masa que viajaba silenciosamente por el universo. ¡Apocalipsis lucia imponente! ¡Era en verdad una maravilla ver aquella masa de rocas y minerales tan grande como la luna! ¡Una belleza extraordinariamente peligrosa para la Tierra! Todos lo miraban como si estuvieran hipnotizados.

---- Si no fuera tan mortal para la Tierra preferiría dejarlo pasar y no destruirlo – dijo Alexander Fleming.

-----Si, ese asteroide es verdaderamente hermoso – dijo Dean Adams.

---- ¡Es fascinante! ¡Qué bonito se vería como una luna más de nuestro planeta! Exclamo Sam Miller

---- Será todo lo hermoso que quieran amigos, pero si no lo detenemos, destruirá la Tierra –dijo Agatone.

---- Si es verdad. Destruyámoslo ya.

Agatone hizo un asentamiento de cabeza y dirigiéndose a su segundo le ordenó

----Que comiencen las operaciones.

Las naves que lanzarían sus mortíferas armas contra Apocalipsis estaban prestas a partir. Prontamente fueron saliendo de una compuerta que se abrió en el vientre de la nave madre y se fueron alineando en distintos ángulos de Apocalipsis, una frente a este y dos a cada lado. La parte de atrás del asteroide era muy peligrosa por la estela de piedras y gases que dejaba este a su paso. Las tres naves ajustaron su velocidad a la del asteroide. La nave madre se encontraba a más distancia. Dentro de su vientre albergaba más naves armadas y listas para partir y sustituir cualquier nave que se averiara durante la operación contra el asteroide.

Ya desde la Tierra toda la humanidad estaba pendiente frente a los miles de aparatos televisivos para poder ver todo el espectáculo que estaba a punto de comenzar. Muchos se veían contentos mientras que otros parecían temerosos, pero todos observaban aquellas pantallas llenas de optimismo. Todos querían ver como apocalipsis era destruido para siempre.

Y finalmente el tan esterado momento llegó. Las naves, alineadas en sus puestos, casi al unísono comenzaron a disparar sus mortíferos rayos sobre la enorme masa de Apocalipsis. Los poderosos rayos impactaron al asteroide que al principio resistió el impacto sin ningún problema. Los rayos seguían atacando sin piedad al terrible asteroide que poco a poco fue tornándose más y más brillante llegando en un momento dado a parecer un pequeño sol en el espacio. De la masa del asteroide comenzaron a desprenderse pedazos que saltaban por todos lados.

Estas piedras incandescentes pasaban peligrosamente cerca de las naves que disparaban sus rayos. Era como si el asteroide se defendiera titánicamente del ataque de sus enemigos. Pero los rayos de las naves fueron minando poco a poco la resistencia del enorme asteroide y de pronto se produjo una enorme, potente y silenciosa explosión (en el espacio el sonido no se transmite) y el enorme asteroide que una vez se llamara Apocalipsis, despareció de la vista de nuestros amigos. Solo quedó una enorme nube de polvo cósmico que lentamente se fue disipando a medida que las partículas del asteroide se dispersaban por todos lados.

El júbilo en la nave madre era indescriptible, pero en la Tierra fue algo emocionante. Al principio todos se quedaron inmóviles y silenciosos, como si no creyeran lo que acababa de suceder. Luego los millones de seres que vieron esta escena, comenzaron a gritar y a alzar sus brazos a lo alto. Luego se abrazaban unos a otros, lloraban, reían. Aquellas escenas parecían de locura. ¡La Tierra estaba salvada! ¡Apocalipsis había sido destruido! ¡Por fin luego de casi diez años el mundo volvía a gozar de paz emocional! ¡Cuánta felicidad para todos! Salvados de forma milagrosa por unos seres que llegaron de las estrellas y que quizás nunca los hubieran encontrado de no haber sido por aquellas pequeñas sondas espaciales que lanzó la Nasa tantos años atrás conteniendo tan valiosa información sobre la civilización terrestre y que fuera recogida por ellos.

¡Qué lejos estuvieron de pensar aquellos científicos que en el año 1977 lanzaron aquellas sondas espaciales destinadas a viajar indefinidamente por los confines del universo? ¡Que el mundo fuera salvado por mediación de ellas, sesenta años más tarde! ¿Quién hubiera imaginado que el verdadero destino de estas sondas Voyager seria salvar a la humanidad de la extinción total?

Pero así fue aunque no podemos descartar que la salvación de la Tierra se la debamos a la intervención Divina. ¡Dios obra de mil maneras!

Una vez cumplido con su misión y haber celebrado por buen rato los tripulantes de la nave decidieron regresar a la Tierra. Esta vez no tenían tanta prisa y no viajaban a enormes velocidades. Aunque el presidente de la Nasa, Sean Spencer y Paul Morris estaban muy familiarizados con nuestro sistema solar por estar inmersos en su estudio día a día, los demás tripulantes de la nave no conocían este, por lo que decidieron ver durante el viaje de regreso a la Tierra este maravilloso espectáculo de los planetas y sus lunas.

XXI- Un viaje por el sistema solar

Entre el grupo de empleados de la Nasa que más versado estaba en nuestro sistema solar Sean Spencer era el más indicado, pues trabajaba día a día observando planetas y recopilando información de estos y fue por esa razón que el presidente de la Nasa dejó a este a cargo para que diera una disertación a nuestros amigos sobre el tema según iban pasando por los alrededores de cada planeta. Claro está que para llegar hasta Apocalipsis habían tenido que dejar atrás nuestro sistema solar y por lo tanto al regresar, veríamos primero los planetas más alejados al Sol hasta llegar a la Tierra.

Según fueron acercándose al sistema solar todo fue emoción dentro de la nave. Los kironianos estaban muy interesados ya que conocían muy poco de este por razones obvias, eran extranjeros. Así que Sean Spencer se tomó muy en serio su labor de profesor de astronomía.

---- Ya estamos entrando a nuestra vecindad—comenzó Sean— primero debemos pasar por el llamado Cinturón de Kuiper que es una zona llena de cuerpos de hielo mas allá de la órbita de Neptuno. Estos cuerpos probablemente sean los restos de la formación del sistema solar. Dentro de este cinturón se encuentra el noveno planeta del sistema solar llamado Plutón. Este cinturón es similar al cinturón de asteroides que se encuentra entre Marte y Júpiter pero es alrededor de veinte veces más grande y en vez de estar compuesto principalmente de objetos rocosos este cinturón contiene en su mayoría cuerpos de hielo. Actualmente se le considera la fuente de los cometas de periodo corto. Plutón fue el primer objeto que vimos del cinturón y luego se descubrió otro planeta enano que es tres cuartas partes el tamaño de Plutón y está tan lejos que tarda diez mil quinientos años en completar una órbita alrededor del sol. También se han descubierto más planetas enanos pero estos son más bien considerados asteroides. Aun el mismo Plutón no es considerado por algunos astrónomos como un planeta por su pequeño tamaño. Pero Plutón es el objeto más grande del cinturón y por eso se sigue considerando como un planeta. Además posee tres lunas, la más conocida se llama Caronte. Plutón es mucho más pequeño que nuestra luna. De hecho, Apocalipsis era más grande que Plutón.

Dejaron atrás el cinturón de Kuiper y avanzaron hacia la órbita de Neptuno. Sean Spencer continuó.

----Neptuno es el planeta más pequeño entre los planetas gaseosos del Sistema Solar y tarda 165 años terrestres en completar una órbita alrededor del Sol. Tiene trece lunas o satélites conocidos. Tritón, Nereida, Despina, Galatea, Larisa, Náyade, Proteo y Talasa son algunas de las más conocidas. Neptuno, al igual que Saturno, tiene una serie de anillos alrededor de este, cinco en total. Las temperaturas en este planeta rondan los -214 grados centígrados y posee una atmósfera compuesta de hidrógeno, helio y metano con unos vientos de hasta 2,000 km/h. A pesar de ser el más pequeño de los planetas gaseosos del sistema, es tan grande que dentro de esta caben sesenta Tierras.

La nave seguía avanzando y ya dejaba atrás a Neptuno y comenzaba a acercarse a Urano.

---Y ahora les presento a Urano—dijo Sean—Otro de los grandes planetas gaseosos de nuestro sistema. Este planeta es aproximadamente cuatro veces el diámetro de la Tierra. Tiene una atmósfera compuesta de hidrógeno, helio y metano. Tiene nada más y nada menos que un total de 27 lunas. ¿Se imaginan como serán las noches aquí? También tiene once anillos principales conocidos. Tarda 84 años en orbitar al Sol.

---- ¿Y sabes el nombre de sus lunas? Pregunto Karina.

----Bueno veamos, son muchas pero te hablaré de las más conocidas. Muchas de ellas fueron descubiertas por la sonda espacial Voyager 2 que descubrió diez lunas y más tarde se descubrió otra y en la década de los años noventa se descubrieron otras once lunas. Algunas de estas son Miranda, Ariel, Umbriel, Titania, Oberón, Cordelia, Ofelia, Belinda, Bianca, Crecida, Desdémona y Julieta más tarde el Hubble descubrió otras doce lunas en Urano.

----Vaya, en verdad nuestro hombre es una enciclopedia estelar – dijo el presidente de la Nasa.

----Gracias Sr. Adams

La nave dejó atrás a Urano y se fue acercando a Saturno y Sean continuó con su amena e interesante disertación.

---Saturno es el segundo planeta más grande del sistema solar. Es un planeta gaseoso con una atmósfera de hidrógeno y helio. Tiene siete anillos principales. Estos anillos son extremadamente anchos, pero tan finos que no se aprecian cuando están encarados con la Tierra. Tiene 48 satélites conocidos siendo el segundo planeta del sistema con más satélites conocidos. Algunos de estos son Titán, la más grande, Mimas, Encéfalo, Tetis, Rea y Japeto. La superficie de este planeta es líquida y gaseosa y está cubierto por una densa capa de nubes.

Y la nave se alejó de las cercanías de Saturno y se acercaba al planeta mas grane del sistema solar Júpiter. Cuando el planeta estuvo en frente de nuestros amigos estos se maravillaron ante tanta enormidad. Sean continuó hablando.

---- Ese enorme planeta que vemos es Júpiter el segundo cuerpo del sistema solar más grande después del Sol. Es tan grande que contiene el doble de masa que los ocho planetas restantes. Así mismo en su interior podrían caber hasta mil tierras. También posee anillos pero por ser muy oscuros casi no se detectan, es más, estos anillos fueron detectados en el año 1979 por la sonda espacial Voyager 1. Posee nada más y nada menos que 63 satélites conocidos.

---- ¡Wao! Interrumpió de nuevo Karina que parecía muy interesada en todo cuanto decía San Spencer--¿Y a qué se debe que estos planetas tengan tantas lunas?

----Yo pienso – contesto Sean—que esto se puede deber a dos razones, una puede ser residuos de la formación del sistema solar hace más de cuatro mil millones de años, al igual que las franjas de asteroides entre Marte y Júpiter y después de Neptuno o la explosión de un décimo planeta en el sistema solar y sus restos fueron atraídos por la gravedad de los planetas restantes.

----Muy brillante tu teoría Sean – dijo Dean Adams.

----Sea cual sea la razón las tenemos ahí.

Y la nave se alejó de las cercanías de Júpiter acercándose al planeta que más llama la atención de todos en la Tierra. El planeta Marte, quizás por la cercanía de este con nuestro planeta y por la posibilidad de que en algún momento dado pudiera haber existido vida animal en este.

----Y ahora llegamos hasta Marte el llamado planeta rojo mucho más pequeño que la Tierra. De hecho, la Tierra es el doble del tamaño de Marte. Tiene dos lunas, Fobos y Deimos las cuales son muy pequeñas. Fobos, que es la más grande tiene una forma irregular con unas medidas de 19 km x 21 km x 27 km. Después de Marte llegamos a la tierra. Más allá de la Tierra y muy cercanos al sol, tenemos dos planetas: Mercurio y Venus. Ambos planetas tienen temperaturas tan elevadas que, principalmente Mercurio, son rocas calcinadas por el Sol. Y con esto terminamos la descripción de nuestro sistema solar. Espero se hayan divertido mucho.

---- En verdad Sean estuviste genial le dijo Robert Miller.

La nave abandonó las cercanías del planeta Marte y se fue acercando a la Tierra donde todo era júbilo y había celebraciones sin precedentes por la destrucción de Apocalipsis.

XXII- Una boda de ensueño

Ya llegamos al final de nuestra historia. Solo nos falta narrar los acontecimientos felices de aquellos dos jóvenes de distintas civilizaciones unidos por un sentimiento universal, el amor. Pero antes hablemos del recibimiento de nuestros héroes al llegar a la Tierra. Este fue verdaderamente extraordinario. La humanidad entera daba gracias a aquellos seres que vinieron de tan lejos a salvar su planeta de la destrucción.

Aquella raza de seres tan avanzados tecnológicamente pero tan afines a ellos era digna de admiración y de emular en todos los aspectos. Ellos dieron el ejemplo de que solo mediante la paz entre todos se podían lograr los avances a los que habían llegado. Una civilización en la que todos eran iguales, que había logrado abolir las guerras y conquistar el universo era una raza digna de ser el ejemplo de todos en la Tierra y quizás de ahora en adelante la Tierra seria un mejor lugar para todos.

Ahora que había pasado toda aquella pesadilla era el momento de recapitular. En un momento dado todas las naciones del mundo se unieron en un solo propósito, salvar la humanidad. Y aunque la Tierra hubiera sido destruida, lo hubieran logrado pues tenían una gran colonia en Gliese 667 Cc que prometía ser floreciente en poco tiempo y de hecho así fue.

Los festejos por la salvación de la Tierra fueron celebrados por todos y la boda de Sam Miller y Karina fue el desenlace final de estas celebraciones. Fue esta una boda maravillosa celebrada ante un juez y varios dirigentes de distintas congregaciones religiosas para no desairar a ningunos. Al fin que era una boda única. La primera unión entre dos razas por medio del amor. Y luego de la boda nuestros queridos novios fueron trasladados al más maravilloso lugar encontrado en la luna y que fuera acondicionado por Agatone y su tripulación para cumplir los deseos de los novios.

Durante la hermosa luna de miel Agatone y sus ayudantes se reunieron con los dirigentes de la Tierra y se llegaron a muchos acuerdos. Las relaciones entre estas dos razas habían comenzado. Los kironianos viajarían hasta su planeta y llevarían una delegación de la Tierra para que estos conocieran y se familiarizaran con el planeta Kiron. Así mismo una delegación de kironianos quedaba en la Tierra para igualmente relacionarse más con los terrícolas. Sam Miller estaría viajando con su esposa hasta Kiron para conocer a toda su nueva familia y luego se instalarían definitivamente en la Tierra. Todo prometía ser felicidad para la nueva pareja. Debemos añadir que cuando regresaran a la Tierra, seguramente vendrían acompañados de varios niños kironianos de distintas edades y Sam y su esposa tendrían lo menos treinta años más, pues el viaje hasta el planeta tardaba más de quince años para ir a Kiron y quince mas de regreso a la Tierra y era muy probable que muchos de los personajes que conocimos a lo largo de esta historia ya hayan terminado su periodo de vida en la Tierra.

Y para finalizar debemos agregar que una vez se supo en Gliese 667Cc el feliz desenlace de esta historia también allá hubo un júbilo sin precedentes. A los nuevos colonos se les dio la oportunidad de volver a la Tierra si así lo querían. De la ya floreciente colonia solo unos pocos decidieron volver. Gliese era muy prometedor y la vida allí era muy tranquila y hasta en muchos casos divertida. Ya habían nacido muchos niños estos corrían tranquilamente por aquellas praderas del hermoso planeta que pronto fue explorado casi en su totalidad y la colonia crecía y se expandía por todos los lugares habitables del planeta.

La nueva tecnología desarrollada por los americanos para viajar a velocidades superiores a la velocidad de la luz fue implementada por las grandes potencias y pronto los viajes a otras galaxias y planetas, fue la orden del día, aunque el descubrimiento de nuevas civilizaciones fue nulo por completo, pero planetas con potencial para ser habitados como Gliese 667Cc, si encontraron muchos. La explotación minera de estos, trajo muchas riquezas a la Tierra.

En fin Tierra había tenido una segunda oportunidad y de ahora en adelante sería distinto para todos si sabían hacerlo bien. Por el momento el mundo entero había encontrado la verdadera paz y al parecer, las guerras habían dejado de existir.

AMENAZA ESPACIAL

Luis Enrique Guzmán

Windmills Editions
California – USA

Luis Enrique Guzmán

Made in the USA
Middletown, DE
13 January 2022

58580829R00113